9787508668246
U0944553

W.B.YEATS
124-14

The 'onlie begetters' of *A lonely impulse of delight* are all 'hearers and hearteners of the work'.

Peter Fallon

《寂然的狂喜》的“唯一促成者”是“用耳朵和心灵去聆听叶芝作品的人”。

彼得·法伦

樂府

·

心里满了，就从口中溢出

寂然的狂喜

叶芝的诗与回声

［爱尔兰］
威廉·巴特勒·叶芝
（著）

［英］
诺曼·阿克罗伊德　等
（绘）

傅浩　刘勇军
（译）

中信出版集团｜北京

叶芝曾说斯威夫特无处不在，他自己又何尝不是如此？

叶芝存在于仰慕者的想象之中。奥登在他写给叶芝的《挽歌》中称，自己“成了他的崇拜者”。

叶芝是爱尔兰凯尔特复兴运动的领袖，年轻英俊，天赋异禀，很早就绽放出引人注目的光芒，成名于19世纪90年代。此后，他那无与伦比、充满疑问的声音就一直在全世界回荡。他的艺术个性魅力无穷，富有强大的感染力，远远超出了文字的界限。他一直都是艺术家刻画的对象，近一个世纪以来有很多关于他的伟大画作诞生（他自己也曾把自己当成描述对象）：他的父亲约翰·巴特勒·叶芝就曾给他画过无数幅素描，还画过一幅肖像。奥古斯都·约翰、威廉·斯特朗、约翰·罗森斯坦、肖恩·奥沙利文、奥尔西娅· 盖尔斯、阿尔贝特·鲍尔等人都曾为他画过蚀刻画和肖像画，还为他制作了雕塑，阿尔文·兰登·科伯恩还为他拍摄过迷人的照片。

有一点应该记住，那就是叶芝和他的所有兄弟姐妹一样，也学习过绘画；他画过水彩画和彩色粉笔画，经常参加画家聚会，写作的题材也一直离不开艺术。在《异象》一书中，他就世界历史和人类命运中的循环模式进行了晦涩难懂的哲学研究，经常提到艺术的发展对文明影响颇深。古典雕刻家、拜占庭的镶嵌细工师和文艺复兴时期的画家所取得的伟大成就经常出现在他的诗作中。詹姆斯·乔伊斯称，叶芝想象力丰富，超现实主义诗人无人能望其项背。直至今日，他的想象力依然在为艺术家提供丰富的灵感。本书力求诠释的正是这一点。

在本书的部分艺术作品中，叶芝的诗句或是展开想象的翅膀，或发生了蜕变；在另外一些艺术作品中，叶芝诗歌的核心或精髓则提供了主导意象。本书标题《寂然的狂喜》（*A lonely impulse of delight*），选自诗作《一位爱尔兰飞行员预见死亡》。理查德·戈尔曼那闪耀与新颖独特的螺旋桨不仅昭示着飞机在意大利蔚蓝天空中旋转下坠，还体现出了在这首诗创作的时代中未来主义者的审美观。关于叶芝的早期作品，即便是在《凯尔特的薄暮》时期树立的淡淡的蓝银色审美标准，也激发了其他艺术家的灵感；芭芭拉·蕾的《灰色暮光》就充满了灰色色调。日本艺术主题贯穿于叶芝的很多作品，本书中提到的几位艺术家也注意到了这一点。对于叶芝的诗句“两个穿丝袍的少女都很美，一个好像羚羊”，斯蒂芬·劳勒的再现令人难忘，不光表现出时间的破坏力，还表现出自从叶芝知道日本能剧之后，心中念念不忘的日本之美。此外，琼·巴登以《仿日本诗》为主题，创作出了一系列具体的图像，凯尔文·曼的丝网印刷画《鱼》则是在向北斋致敬。

叶芝的政治诗和哲学诗所具有的坚硬边缘亦留下了痕迹。约翰·贝汉的雕塑《1916》不光有代表胜利的火炬，还有荆棘冠。阿梅莉亚·斯泰因那堆即将倒塌的祈祷书让我们联想到《都尼的提琴手》，也传递着具有颠覆性的中心思想：艺术家的重要性高于牧师。保罗·马尔登允许《再度降临》中不可思议的狮身人面怪物逃脱命运，最后却进了一个马戏团。约翰·班维尔为勒达和化身天鹅的宙斯的故事增添了新花样。其他作家选择了叶芝不那么为人熟知却更为标新立异的作品。科尔姆·托宾阐述了《轮》背后的技巧，探究了这首诗是如何一点点写到令人胆寒的最后一句，而这不仅表示所有生命都在为死亡做准备，而且对死亡怀有憧憬。埃德娜·奥布莱恩准确地描述了叶芝笔下的圣母，在《圣母》这首诗中，母爱与圣母怀有的深刻恐惧形成了对比：恐怖这个主题也贯穿于叶芝关于早期基督教的戏剧《基督复活》中（并且让人联想到托宾的《马利亚的契约》）。关于叶芝的思想巨轮，依婉·伯兰创作出了精美且造诣颇深的作品，使人联想到在谢默斯·希尼的《雷电》中，盘旋在中世纪修道院上方那艘令人惊叹的空中巨轮。这些见解表现出叶芝的声音和思想在错综复杂的爱尔兰文学作品中产生的影响，他的影响力“无处不在”，会在意想不到的时候与你邂逅。

在这些作品中，充满想象风景的世界与斯莱戈、戈尔韦熟悉的地标交错在一起，而叶芝将这些地方刻画成了神话：凯门海滩之上的荆棘树（拉尔斯·尼贝里），布尔本山的轮廓（诺曼·阿克罗伊德），库勒的七片树林（埃德·米利亚诺），因尼斯弗里的湖岛（尼亚姆·弗拉纳根、利奥·希金斯、文森特·谢里登）。作品的范围和热切的情感令我们想到叶芝拥有出色的天赋，可以在他的诗歌中创造出栩栩如生的画面，突然爆发出丰富的幻象：那被海豚划破、锣声折磨的拜占庭大海，圣贤的面孔“如同雨打的石头”，《祖屋》中满溢的喷泉里充满了生命之雨，圣山梅鲁那白雪皑皑的山间洞穴；《渔夫》中，“泡沫下”的石头是“黑色”的；在《人与回声》中，兔子受到了鹰的袭击。正如在他弟弟杰克充满幻想色彩的后期画作中，在叶芝的诗作中，神秘的幻想世界与理想化的爱尔兰也交织在了一起。叶芝的诗句在数年里回荡着，引人共鸣，他所想象出的心灵画面亦是如此。正如他妻子经常惊讶地发现的那样，他知道“后世之人看到的会是怎样一番情景”。他天生就能创造“象征”，表现出永恒的感情和不变的真理；但他还知道（并且宣称），完美无缺、造诣高深的想象背后隐藏着启示，这使得《马戏团驯兽大逃亡》这样的诗作熠熠发光，而这些启示均是从“心的污秽破烂商店”里挖掘出来的。正是超然与具体的结合隐藏于叶芝的作品背后，使“新影像的影像”充分发挥价值，而且，只要人们还在阅读诗歌，便会一直如此。

写于 2015 年

1923年，威廉·巴特勒·叶芝获得诺贝尔文学奖时，他得到的褒扬是这样的：“以其高度艺术化且洋溢着灵感的诗作表达了整个民族的灵魂（For his always inspired poetry, which in a highly artistic form gives expression to the spirit of a whole nation）。”瑞典文学院在这短短的一句话中提到了两个具有共同词根的词。这两个词是“洋溢着灵感的”（inspired）和“灵魂”（spirit），后者从前者获得了它的词根：名词“spirit”［源自拉丁语“spiritus”，意为气息（breath）］，来自过去分词“inspired”［源自动词“inspirare”，意为呼吸（breathe）或吸气］。正是这种完全同一的“breath”在诗歌《一位爱尔兰飞行员预见死亡》中的出现（两次）及其造成的疑惑，为这首佳作提供了动力，并诠释了标题。

是一股寂寞的狂喜冲动
长驱直入这云中的骚乱;
我回想一切，权衡一切，
未来的岁月似毫无意义，
毫无意义的是以往岁月，
二者平衡在这生死之际。

上述诗句中“似”（seemed）这个词值得我们细思一番。在“用心灵去关注”的发展过程中，叶芝提出了一种资格、一种比较，或者我们可以称之为想象。

“一股寂寞的狂喜冲动”是一项任务，诗人叶芝必定会对其产生浓厚的兴趣。叶芝的门徒约翰·米林顿·辛格在《西方世界的花花公子》的序言中写道，“所有艺术都是合作”，彼时他可能已经想到了作家与读者的关系，或画家与赏画者的关系，又或剧作家与观众的关系。而在叶芝诞生一百五十周年纪念日之际，精美艺术版画廊将它的邀约扩展到了画家与作家之中，让他们投身于与叶芝作品一样不朽、权威的作品的创作中，这是一次真正洋溢着灵感的创作（an inspired one）。他们以叶芝的诗作为基础，创作出多种多样的作品，展现了叶芝在共有十二部分的诗作《纪念罗伯特·格雷戈里少校》中所描绘的严肃色彩和精妙诗句——“那就是我们的秘诀”。

叶芝对这类项目的兴趣或许可以从他自己与艺术家的合作中推断出来，特别是他对他自己作品的排版与设计（“不要绿色”）所给予的关注。他还和他的姐妹一起，先后在邓恩·埃默尔与库阿拉印刷工场创造出了精致的艺术品。

库阿拉印刷工场从邓恩·埃默尔企业转化而来，该印刷工场于 1902 年成立于都柏林郡邓德拉姆，是伊夫琳·格利森在叶芝的姐妹伊丽莎白·科比特（或称“罗莉”）和苏珊（或称“莉莉”）的帮助下创建而成的。为了触及时代的脉搏，邓恩·埃默尔以昭示国家的政治暗流为己任。它的目的在于“为爱尔兰手工艺者寻找工作，创作出美好的事物”。女性致力于刺绣、爱尔兰制造的亚麻布、编织物和挂毯。她们使用附近造纸厂制造出来的特殊纸张手工印刷和装订书籍。

最早印刷出来的作品是威廉·巴特勒·叶芝的新诗《在那七片树林里》和一部戏剧《在贝勒海滩上》，并由此取得了开门红。此间，叶芝本人还担当了顾问编辑一职。

1908年，叶芝的姐妹离开了邓恩·埃默尔，并以库阿拉企业之名，继续从事刺绣和手工印刷。库阿拉印刷工场在1946年倒闭，在此之前，他们印制了各种系列的市井歌谣，展示了全新和传统的民谣，书中很多插图出自叶芝的弟弟杰克·巴特勒·叶芝之手。[自从在一个多世纪以前，凯瑟琳·布莱克和威廉·布莱克夫妇印刷了这位英国诗人的狂诗狂文和雕版印画（在布莱克夫妇位于泰晤士河南岸兰贝斯区的狭窄住处里面，他们发明了一种办法在铜版上同时蚀刻出诗文和浮雕图案，并用他们自己的手动印刷机进行印制）以后，叶芝一家人还不曾像这样合力达到如此惊妙的艺术效果。]

库阿拉印刷工场使用卡斯隆字体，印制了在世爱尔兰作家的数十本书，以及手工上色的版画。其中，几乎三分之一的书是叶芝创作的。其他作家包括辛格、乔治·拉塞尔（笔名“AE”）、格雷戈里夫人、弗兰克·奥康纳和弗雷德里克·罗伯特·希金斯。帕特里克·卡瓦纳在《大饥荒》中久久悲鸣，这部诗作在1942年问世，立即引发了争议。

叶芝的姐妹公开宣称要“创作出美好的事物”，这也是叶芝一生的夙愿。想想看，“美丽”（beautiful）一词是多么频繁地出现在他的作品中。“美丽高尚的家伙们”（beautiful lofty things）变成他一首诗的标题，在那首诗中，他的想象力覆盖“所有的奥林匹斯山神；一件永不再被人知晓的事情”。这个表达又以单数形式在《一个疯狂的女孩》中重现，诗中这样写道：“我宣称，那少女是一个美丽崇高的东西，或一个英勇地失去，又英勇地寻获的东西（I declare/A beautiful lofty thing，or a thing/Heroically lost，heroically found）。”他“从美丽的古代典籍中博引旁征”。他在《亚当所受的诅咒》中记录了一个珍贵的时刻：

有一年夏末我们聚坐在一起，

你的密友，那美丽温柔的女子

他在后面的诗句中又用到了几次“美”这个字：“没有美好的东西不须费力气”（We must labour to be beautiful）。当然了，那些身着丝袍的少女身处“利萨代尔，傍晚的灯光”，她们“都很美”（ both/Beautiful），而这首挽歌继续宣告：

天真之人和美丽之人

除了时光没有仇敌；

爱尔兰在20世纪的出版史离不开库阿拉印刷工场的开创性历程，也少不了多尔门印刷工场。多尔门印刷工场于1951年开始印制书籍，它的创始人是利亚姆·米勒，他在三十多年的时间里印制了大量精美书籍。1960 年，他在都柏林和友人一起创建了图形工作室（Graphic Studio）。联合创始人包括帕特里克·希基、莱斯利·麦克温尼、伊丽莎白·里弗斯，还有一位则是画家安妮·叶芝，叶芝的女儿，这一点可以说与历史不谋而合。

1973 年，鲁思·勃兰特和迈克尔·凯恩将我引荐给了图形工作室，他们二人的艺术设计则装饰了我在画廊出版社出版的书籍。这些书的封面以木版画、浮雕、蚀刻版画为特色，偶尔还会用手雕刻字印刷书名。1984 年，我委托迈克尔去制作木刻字母表。在三十多年里，这套独具特色的木刻字母表成为画廊出版社出版过的数百本书和特别版本的鲜明特征与鉴别性标志。

事实上，多年之后迈克尔和鲁思又为我做了一次介绍，他们邀请我到他们在滑铁卢路的家中用餐，一同用餐的人还有帕特丽夏·乔根森、伊布·乔根森夫妇，以及玛丽·法尔·鲍尔斯。我私下里感觉到这好像是在保媒。然而，做媒没成功，我们的友谊却越来越稳固，并且和很多其他人一样，我从玛丽那里学到了很多关于艺术和印刷技术的知识。有一次，我随她和一个朋友保罗·马尔登去爱尔兰的巨石墓，保罗将我们三人介绍给了一个老是弄混我们名字的女人。“容易得很，”他说，“我们就是彼得、保罗和玛丽。”因为我与玛丽的友情以及我对她的欣赏，我和安德鲁·卡朋特一时冲动买下了一家印刷厂，无偿送给了图形工作室。但按照我们的话说，那又是另外一件事了。

图形工作室已经成立五十五年，并在日益壮大中，它的特点在这本书和本次展览中清晰可见。几位参与的艺术家都是图形工作室的成员，他们几乎都和图形工作室有关联，或者都曾参与过由它组织的客座艺术家计划。

受邀的画家和作家提供了一个聚宝盆，里面装的都是诺贝尔褒奖辞中所称的“高度艺术化”的作品。每一位作家都很出色，递交了散文和诗歌。保罗·马尔登和依婉·伯兰均创作了十四行诗：前者带着与众不同的隐晦，将另一种狡猾的动物加入了他的动物寓言；后者的惊人之处相比数年前稍逊一些，近来，她与爱德华·赫希联合编辑了《创作十四行诗》。埃德娜·奥布莱恩是一个不随俗者，同样具有特色，梳理了一首并非她最喜欢的诗作的思想，这首诗因其“严谨和奇怪”令她兴致盎然。

在艺术家们的回应中，严谨与奇异萦绕在所有的特质之中。当艺术家们选择了同一首诗（三个人选了《湖岛因尼斯弗里》，两个人选了《布尔本山下》）时，启示性或许最为明显，但是艺术家的多样性——他们的年龄、国籍、性别——以及他们选择的媒介，保证了这些作品的广阔覆盖面。书中蚀刻画占有主导优势，但还有木版印刷、青铜雕塑、摄影、丝网印刷和手铸字。

在理查德·戈尔曼的《旋转的蓝》中，蓝色和黑色轻易表现出了“天上浓云密布”以及令叶芝如此着迷的具有阿米巴变形虫般易变性的基本形态。在其他亮点中，斯蒂芬·劳勒的《在记忆中》

将他对欧洲绘画的华丽问询延伸到了东方，带着谦虚和神秘的印象，一部分呈现于人体模型上，一部分呈现于阴影中，由木纹和龟裂痕混合在一起来传达效果。模仿相同的源位置，琼·巴登的蚀刻画含有很多金色的叶子，用陶瓷花瓶上一只振翅高飞、充满活力的白鹤来平衡樱花花瓣的自然之美。谢默斯·麦克里里的《哈得斯的晨鸡》摆出传令官一样的姿势，传递出了熟悉的虚伪气势。

迈克尔·卡伦用金刚砂重现了这位伟大的色彩大师的显著特征，强调胆魄不凡的库丘林在战败后，灰心丧气地倾身靠在一棵树上，身上有“六处致命伤”，“仿佛对创伤和鲜血凝神沉思”。其他画家也用这些媒介传递他们作品中的元素，都将其视为必须采用的表达方式。迈克尔·坎宁的蚀刻画《1893》保留了他油画中垂直构图的风格，但在这里，他的玫瑰在明亮、柔和的色调中更加丰满。与彩色粉笔画近似的风格细微之处是戴安娜·科波白这幅平版画《洒掉的奶》的核心，色调渐渐变淡，如同这首诗写到的那样，我们做过和想过的，在前面提到的“洒在石上”的奶中变得稀薄。马丁·盖尔的《经那些柳园往下去》，是一首时代的乐章，一个略显笨拙的优雅形象，在他独有的绿色氛围中，诱显了他绘画的迷人风格。唐纳德·特斯基的《两极间》表现了对中间地带或梦想之地的寻找，正如德里克·马洪所称，没有固定不变的地平线：

许多回人死而复生，

在他的种族和灵魂

这两个永恒间轮回；

古老的爱尔兰悉知。

凯尔文·曼的丝网印刷画《鱼》使用三维立体的方式刻画了《鱼》这首诗，勾画出了精湛的随波荡漾的生活。相比之下，摄影师阿梅莉亚·斯泰因在诠释《都尼的提琴手》这首诗时，避开了“快活的”舞者。她并没有致力于静物刻画，而是描述了诗歌中的“两位老兄”，他们都是牧师，“他们都念诵祈祷书”。另一种寂静笼罩着路易斯·伦纳德的《绿色的宁静》，这首戏剧诗中布满涟漪的奔流河水“令心情振奋了起来”。奥伊弗·斯科特选择的是《在你年老时》这首诗，他的侧重点不是“在你年迈，头白，且睡意沉沉，挨着火炉打盹”，而是一种惟妙惟肖的缺失感。休吉·奥多诺霍的《长足虻》，将沉静的心灵在静寂中的移动与前景中他画出的那只迈着大步的虻进行对比，而文森特·谢里登的《黄昏》则刻画了一个风中场景，背景是壮阔的布尔本山，一群红雀（我们如此猜测）振翅高飞，打乱了湖岛的宁静。

保罗·加夫尼是本项目中的另一位摄影师，他没有表现出《亚当所受的诅咒》中的月亮，也没有刻画“苍穹瑟瑟抖颤的碧色”，但他描绘的气氛更加朦胧与阴森。他仔细研究了图像捕捉技术，刻画了“瞬间的灵感”，而这正是这首诗渴望达到的目的。约翰·贝汉的《1916》具有一种赤裸裸的力量，传递出一种带刺铁丝网或荆棘才具有的威胁。这令人想起《一九一六年复活节》（“一场牺牲坚持得太久，能够把心灵变成顽石”），在《叶芝诗集》中，这首诗的后面是《十六个死者》，生动地对“各各他”进行了想象，因此成为一首富有影响力的不朽作品。

我希望我能够为这次创作的本真提供些许暗示，作为一个前情提要。这些作品并没有尝试或假装成为插画。相反，通过反复重申和详尽阐述思想与感觉，这些作品都对传统进行了扩展和增强。通过保留另一种精神，通过启发，这些作品或可被视为一种转化。

在 2004 年的讲座《所有权证书：转化经典》中，谢默斯・希尼对当时“使用经典”这一问题进行了思考，称“意识需要坐标，我们需要想办法找准我们自身在文化空间和地理空间之中的位置”。

“叶子虽繁多，根茎只一条”是叶芝最能产生共鸣的想法。这句，四行诗中的第一句，把《智慧与时俱来》一诗瞬间激活， 而这首诗收录在 1910 年出版的诗集《绿盔及其他》中，当时叶芝只有四十五岁。

叶子虽繁多，根茎只一条；

在青年时代说谎的日子

我把花叶在阳光里招摇；

如今，我可以凋萎成真理。

在“叶芝 2015”活动的大力支持下，《寂然的狂喜》的“唯一促成者”是“用耳朵和心灵去聆听叶芝作品的人”。杰茜卡·英霍夫和斯蒂芬·劳勒一直在支持两个富有非凡国际视野的美术馆经营者：凯瑟琳·奥赖尔登和奥利弗·西尔斯。为了在广阔的世界中为爱尔兰艺术找到一隅之地，他们敏锐地意识到这些“坐标”，并对文化和地理空间保持了警惕。一路上，通过合作，通过培育这些树叶和敬重那唯一的根茎，精美艺术版画廊为我们的文化宝库策划了另一件“美好的事物”。

彼得·法伦

巨石墓

2015 年秋

诺曼·阿克罗伊德

Norman Ackroyd

《布尔本山下》/ 蚀刻画 / 28 厘米 X 36 厘米

节选自《布尔本山下》

From 'Under Ben Bulben'

VI

Under bare Ben Bulben's head
In Drumcliff churchyard Yeats is laid.
An ancestor was rector there
Long years ago, a church stands near,
By the road an ancient cross.
No marble, no conventional phrase;
On limestone quarried near the spot
By his command these words are cut:

Cast a cold eye
On life, on death.
Horseman pass by!

(*Last Poems and Two Plays*, 1939)

不毛的布尔本山头下面，
叶芝葬在竺姆克利夫墓园；
古老的十字架立在道旁，
邻近坐落的是一幢教堂，
多年前先祖曾在此讲经。
不用大理石和传统碑铭，
只就近采一方石灰岩石，
遵他的遗嘱刻如下文字：

冷眼一瞥
看生，看死。
骑者，驰过！

布尔本山下

一

以那些圣贤所言起誓——
阿特拉斯的女巫熟知，
在那马莱奥提湖滨，
圣贤开言，令晨鸡啼鸣。

以那些骑者、女人起誓——
他们的形容超凡绝世；
面孔白皙瘦长的群体
显出一种不朽的神气，
曾使其情热得以完成；
如今踏着寒冬的黎明
他们驰过布尔本山下。

以下是他们示意的精华。

二

许多回人死而复生，
在他的种族和灵魂
这两个永恒间轮回；
古老的爱尔兰悉知。
无论是寿终于床榻，
还是遭横暴死枪下，
人最为惧怕的却是
与亲爱者短暂别离。

铁锹锋利，肌肉强健，
尽管掘墓人苦作不断，

他们不过将下葬之人
重新抛回人类心灵中。

三

“主啊，给当今降下战争！”
听过米切尔祈祷之人，
你们深知话都说尽时，
一个人战斗至狂之时，
有物落自久瞎的眼睛，
完善了他那未竟心灵，
悠然地伫立一时片刻，
放声大笑，心气平和。
就连最睿智之人亦因
某种暴力而紧张万分，
在他完成宿命，熟练
艺业或选定伴侣之前。

四

诗人兼雕塑家，努力工作，
不要让时髦的画家避躲
他那些伟大祖先的业绩；
把人类的灵魂引向上帝，
让他把摇篮填充得恰当。

我们的力量肇始于度量：
一古板埃及人构思的形式，
温文的菲狄亚斯造就的形式。

在那西斯廷礼拜堂穹顶，
米开朗琪罗留下了证明；

那上面唯有半醒的亚当
能撩拨周游世界的女郎，
直到她禁不住欲火中烧；
证明那秘密运作的头脑
早就有一个意图定在先：
宁冒渎神圣把人类完善。

在神或圣徒的背景里面，
十五世纪用油彩曾增添
供灵魂自在栖息的花园；
在那里一切寓目的东西，
鲜花、绿草和无云的天际，
肖似实在或仿佛的形式；
那时候眠者已醒却仍在
做着梦，梦境已消失，只剩
床架和床垫时，依然宣称：
天国曾敞开。

螺旋转不休；
在那更伟大的梦逝去之后，
卡尔佛、威尔逊、布雷克和克劳德
为上帝的子民准备了安歇——
帕尔莫的名言；但从此以往，
混乱降临在我们的思想上。

五

爱尔兰诗人，把艺业学好，
要歌唱一切优美的创造；
要鄙弃时兴的从头至足
全然都不成形状的怪物，
他们不善记忆的头和心

是卑贱床上卑贱的私生。
要歌唱田间劳作的农民，
要歌唱四野奔波的乡绅，
要歌唱僧侣的虔诚清高，
要歌唱酒徒的放荡欢笑；
要歌唱快乐的侯伯命妇——
经过峥嵘的春秋七百度，
他们的尸骨已化作尘泥；
把你们的心思抛向往昔，
我们在未来岁月里可能
仍是不可征服的爱尔人。

六

不毛的布尔本山头下面，
叶芝葬在竺姆克利夫墓园；
古老的十字架立在道旁，
邻近坐落的是一幢教堂，
多年前先祖曾在此讲经。
不用大理石和传统碑铭，
只就近采一方石灰岩石，
遵他的遗嘱刻如下文字：

冷眼一瞥
看生，看死。
骑者，驰过！

（《最后的诗和两个剧本》，1939 年）

布尔本山的山顶是平的，看来壮阔不凡，四个世纪以来，一直屹立在多尼戈尔湾。在叶芝的心里，这座山必定是一个高点。他长眠于布尔本山下河水边那片古老地方似乎是必然的，而在很多个世纪之前，那里必定是该区域的中心和文化汇聚地。

秋野畅子

Yoko Akino

《拐走的孩子》/ 蚀刻画和凹版腐蚀制版画 / 23 厘米 X 34 厘米

节选自《拐走的孩子》

From 'The Stolen Child'

Where the wave of moonlight glosses
The dim grey sands with light,
Far off by furthest Rosses
We foot it all the night,
Weaving olden dances,
Mingling hands and mingling glances
Till the moon has taken flight;
To and fro we leap
And chase the frothy bubbles,
While the world is full of troubles
And is anxious in its sleep.
Come away, O human child!
To the waters and the wild
With a faery, hand in hand,
For the world's more full of weeping
than you can understand.

(*Crossways*, 1889)

远在罗西斯岬角边，
月光的浪潮洗刷着
朦胧而灰暗的沙滩；
我们彻夜地踏着脚，
把古老的舞步编织；
交缠着眼神和手臂，
一直到月亮已飞逃；
我们往返地跳跃着，
追逐着飞溅的水泡，
而人世却充满烦恼，
正在睡梦里焦灼着。
人类的孩子啊，走！
跟一个精灵，手拉手，
到那水上和荒野里，
因为人世溢满你不懂的哭泣。

拐走的孩子

斯利什森林的高高
岩岸浸泡入湖水处，
有一个蓊郁的小岛，
那里有振翅的白鹭
把瞌睡的水鼠惊扰；
在那里我们已藏好
满盛着浆果的魔桶，
偷来的樱桃红通通。
人类的孩子啊，走！
跟一个精灵，手拉手，
到那水上和荒野里，
因为人世溢满你不懂的哭泣。

远在罗西斯岬角边，
月光的浪潮洗刷着
朦胧而灰暗的沙滩；
我们彻夜地踏着脚，
把古老的舞步编织；
交缠着眼神和手臂，
一直到月亮已飞逃；
我们往返地跳跃着，
追逐着飞溅的水泡，
而人世却充满烦恼，
正在睡梦里焦灼着。
人类的孩子啊，走！
跟一个精灵，手拉手，
到那水上和荒野里，
因为人世溢满你不懂的哭泣。

格仑卡湖上的山里
漫流的泉水四处涌；
杂草丛生的水池子
难得沐浴到一颗星；
从滴泪的蕨草深处
悄悄地把身子探出
在年轻的溪水上面，
我们找沉睡的鳟鱼；
在它们的耳边低语，
给它们不宁的梦幻。
人类的孩子啊，走！
跟一个精灵，手拉手，
到那水上和荒野里，
因为人世溢满你不懂的哭泣。

那眼神忧郁的孩子，
他就要跟我们离去：
将不再会听见牛崽
在温暖山坡上低吼；
听不见火炉上水壶
使他心静的唱歌声；
将再也看不见家鼠
绕着麦片箱转不停。
那人类的孩子，来喽，
跟一个精灵，手拉手，
到这水上和荒野里，
来自溢满他不懂的哭泣的人世。

（《十字路》，1889 年）

我选择了《拐走的孩子》这首诗，因为它将大自然和其中的神奇童话世界描写得美轮美奂。我是一个母亲，我希望自己的孩子们能够远离世界的纷扰，得到保护，毕竟人世溢满哭泣，是他们所不能明白的。我们所有人最终都要进入真实的世界，希望这幅受到《拐走的孩子》启发的画，能捕捉到孩子站在入口的那一刻：他们的一侧是充满游戏和想象力的魔法世界，另一侧则是充满麻烦的、成年人每天都要面对的世俗世界。我想，作为成年人，我们中的一些人依旧可以在一生中的某些时刻窥见进入仙境乐园的入口，我希望等我的孩子们长大后，也依旧保有那样的时刻。

约翰・班维尔

John Banville

《勒达与天鹅》/ 手铸字，18 分卡斯隆古体字和凸版印刷画 / 55 厘米 X 45 厘米

勒达与天鹅

Leda and the Swan

A sudden blow: the great wings beating still
Above the staggering girl, her thighs caressed
By the dark webs, her nape caught in his bill,
He holds her helpless breast upon his breast.

How can those terrified vague fingers push
The feathered glory from her loosening thighs,
And how can body, laid in that white rush,
But feel the strange heart beating where it lies?

A shudder in the loins engenders there
The broken wall, the burning roof and tower
And Agamemnon dead.
Being so caught up,
So mastered by the brute blood of the air,
Did she put on his knowledge with his power
Before the indifferent beak could let her drop?

(*The Tower*, 1928)

勒达与天鹅[*]

突然一下猛击：那巨翼仍拍动
在踉跄的少女头顶，黝黑蹼掌
摸着她大腿，硬喙叼着她背颈，
他把她无助的胸脯贴在他胸上。

她惊恐不定的柔指如何能推拒
渐渐松开的大腿上荣耀的羽绒？
被置于那雪白灯芯草丛的弱躯
怎能不感触那陌生心房的悸动？

腰股间一阵震动便造成在那里
城墙遭破坏，屋顶和碉楼烧燃，
阿伽门农惨死 。
　　　　　　　就如此遭劫持，
如此任空中那野蛮的生灵宰制，
趁那冷漠的巨喙能把她丢下前，
她可借他的力吸取了他的知识？

（《碉楼》，1928 年）

[*] 据希腊神话，斯巴达王廷达瑞俄斯之后勒达被变化成天鹅的主神宙斯强奸而生海伦（性爱的象征）、克吕泰涅斯特拉（阿伽门农之妻）和狄俄斯库里兄弟（战争的象征）。叶芝认为这预示旧的文明（上古时代）行将终结，新的文明（荷马时代）即将到来，而变化的根源即在于性爱和战争。——译者注

勒达与天鹅

（约翰·班维尔回应《勒达与天鹅》）

那只粗鲁的动物是什么？……一开始，她以为那是一个天使。想象一下吧。她周围是一片白色迷雾，羽绒四处飘散；然而，他抬起黑色的面具，露出那双疯狂的黑色眼睛，湿湿的、长有蹼的爪子贴在她的身上。拥抱我，她心想；拥抱我。她得到过警告，她的母亲曾提醒过她，所有人都提醒她要小心来自天国的猛兽。留心他们的诡计，留心他们的借口，留心他们的伪装。他们？是他。他在颤抖，他的心剧烈地跳动，还有他的喙——他的喙亲吻了我的嘴。一只鸟的喙和一个男人的炽热呼吸，还有别的，是一种感觉——是什么呢？——是一种来自另一个世界的感觉。

我不在乎他们说了什么。拥抱我吧！
再说了，我怎么能知道特洛伊呢？

LEDA AND THE SWAN

And what rough beast...? She thought, at first, it was
an angel. Imagine. The mist of whiteness all around her,
the crackle of beating feathers: but then the stylised black
mask and the mad dark eyes behind it, those wet, webbed
feet pressing against her flesh. *Hold me*, she thought;
enfold me. She had been warned, her mother had warned
her, everyone had, about the heaven-sent ones. *Beware
their tricks, their subterfuges, their disguises*. Their? His.
How he shivers, how his heart hammers, how his bill—
his bill—dips itself into my mouth. A bird's beak and a
man's hot breath, and something else, some waft of—
what?—from another world.
 I care not what they say. *Enworld me!*
 Besides, what do I know of Troy?

John Banville

(in response to LEDA AND THE SWAN, WB Yeats, 1928)

上图译文见插页

琼 · 巴登

Jean Bardon

《仿日本诗》/ 蚀刻画和金叶 / 34 厘米 X 24 厘米

仿日本诗

Imitated from the Japanese

A most astonishing thing
Seventy years have I lived;

(Hurrah for the flowers of Spring
For Spring is here again.)

Seventy years have I lived
No ragged beggar man,
Seventy years have I lived,
Seventy years man and boy,
And never have I danced for joy.

(*New Poems*, 1938)

仿日本诗*

稀奇至极一件事：
我已活了七十年；

（欢呼春天百花开，
因为春天又来临。）

我已活了七十年，
没做褴褛讨饭人；
我已活了七十年，
七十年来少与老，
乐莫如今而舞蹈。

（《新诗》，1938 年）

*

叶芝在 1936 年 12 月下旬将此诗寄给女诗人多萝茜·韦尔斯利时附信解释说，“我是根据一首咏春的日本俳句的散文翻译作出此诗的”（《W. B. 叶芝致多萝茜·韦尔斯利论诗书信集》，牛津大学出版社，1964 年，116 页）。——译者注

我从前并不知道这首短诗。

《仿日本诗》被认为是根据日本一首歌颂春天的俳句诗翻译过来的散文创作而成。欧洲对所有日本的东西都很狂热，后来这被称为日本风格，这股热潮在19世纪80年代末达到了高峰。当时流行的日本文化被理想化，富于浪漫色彩，叶芝和与他同时代的人一样，被日本文化所迷住。我与这种观点有很强烈的共鸣，多年以来，我一直都在遥远的地方欣赏着各个领域的日本艺术，特别是带有优雅流畅线条、注重装饰细节的木刻版画，镀金屏风，以及中国和日本的青花瓷器。

日本文化强调四季的象征意义，四季提醒人们，万事万物都易流逝，而生命会不断地更新，这一点启发我将叶芝的《仿日本诗》与春天典型的花卉樱花联系在了一起。

约翰·贝汉

John Behan

《1916》/ 青铜雕塑 / 81 厘米 X 33 厘米 X 33 厘米

节选自《一九一六年复活节》

From 'Easter 1916'

Being certain that they and I
But lived where motley is worn:
All changed, changed utterly:
A terrible beauty is born.

(*Michael Robartes and the Dancer*, 1921)

因为，我确信他们和我
不过像丑角一样生活：
一切都变了，彻底变了：
一个可怕的美诞生了。

一九一六年复活节*

日暮时分我遇见他们，
一张张生动活泼的脸
来自十八世纪灰楼中
柜台或者书桌的后面。
擦肩而过时，我点点头
或说些无意义的闲话，
或者稍事盘桓说几句
礼貌而无意义的闲话，
话未说完我就想出了
一个讽刺故事或趣闻，
好去俱乐部拥火而坐
讲给一个伙伴来开心，
因为，我确信他们和我
不过像丑角一样生活：
一切都变了，彻底变了：
一个可怕的美诞生了。

那个女人的白天耗费
在无知的良好意愿里，
夜晚则与人辩论争执
直到她嗓音变得尖厉。
当年她曾年轻又美丽，
在她骑马打猎的时光，
那甜美嗓音谁能相比？
这个男人曾开办学堂，
而且也骑我们的飞马；
这另一位是他的友人，
将与他联合帮他谋划；

他的天性如此地锐敏，
他的思想大胆又清新，
最终他也许赢得名气。
我所想到的这另一人
是个虚荣粗鄙的醉鬼。
他曾经对我贴心人儿
做过极端刻薄的事情，
我在歌里仍把他提起；
他也辞去了在那即兴
喜剧中所扮演的角色；
在轮到他时也改变了，
已经彻底地改弦易辙：
一个可怕的美诞生了。

众多心只有一个目的，
经过盛夏和严冬好像
中了魔法被变成顽石，
要把活泼的溪流阻挡。
路上奔驰而来的马匹、
骑马人、滚滚层云之间
往来穿梭翻飞的鸟儿，
每分每秒钟都在改变；
溪水上倒映云影一片
也在改变，每分每秒钟；
一只马蹄打滑在水边，
一匹马泼剌落在水中；
长腿水鸡下潜而隐没，
雌鸡把雄鸡声声呼唤；
每分每秒钟它们活着：
那顽石在这一切中间。

一场牺牲坚持得太久
能够把心灵变成顽石。
呵，什么时候才算个够?
那是天命；我们分内事
是低唤一个一个名姓，
像母亲呼唤她的孩子，
当睡意终于降临已经
跑野了的肢体之上时。
不是夜色那又是什么?
不不，不是黑夜而是死；
毕竟那死是不是值得?
因为英国可能守信义，
对于所做所说的一切。
我们知道他们的梦寐；
知道他们梦过，已死了，
足矣；而如果过度的爱
迷惑他们至死又如何?
我把一切用诗写出来——
麦克多纳、麦克布莱德、
康诺利和皮尔斯之辈，
无论是现在还是将来，
只要有地方穿戴绿色，
他们都会变，变得彻底：
一个可怕的美诞生了。

（《麦克尔·罗巴蒂斯与舞者》，1921 年）

*

1916 年 4 月 24 日，即复活节翌日，爱尔兰共和兄弟会在都柏林发动起义，宣告爱尔兰共和国成立，约 700 人的爱尔兰志愿者军队占领了部分市区。至 29 日，起义被英军镇压，15 位领导人遇害。——译者注

我的雕塑《1916》是从视觉化角度，对叶芝《一九一六年复活节》这首诗所做的简单直接的反应。这座雕塑由 16 个十字架组成，代表着有 16 个人为自由献出了生命，也是对 1916 年的纪念。这座雕塑象征着爱尔兰历史事实（不论人们持有何种观点），同时，我希望用这座雕塑传递出叶芝对初始事件所怀有的矛盾情绪和他对终极牺牲的反应。

依婉·伯兰

Eavan Boland

《内战中的叶芝》/ 手铸字，18 分卡斯龙古体字和凸版印刷 / 55 厘米 X 45 厘米

我窗边的燕雀巢

The Stare's Nest by My Window

The bees build in the crevices
Of loosening masonry, and there
The mother birds bring grubs and flies.
My wall is loosening; honey-bees,
Come build in the empty house of the stare.

We are closed in, and the key is turned
On our uncertainty; somewhere
A man is killed, or a house burned.
Yet no clear fact to be discerned:
Come build in the empty house of the stare.

A barricade of stone or of wood;
Some fourteen days of civil war:
Last night they trundled down the road
That dead young soldier in his blood:
Come build in the empty house of the stare.

We had fed the heart on fantasies,
The heart's grown brutal from the fare,
More substance in our enmities
Than in our love; O honey-bees,
Come build in the empty house of the stare.

(*The Tower*, 1928)

我窗边的燕雀巢

蜜蜂在松动的石壁缝中
筑居营巢，而就在那里，
母鸟常衔去蠕虫和飞虫。
我的墙壁松动了；蜜蜂，
来，筑居在燕雀的空房里。

我们被关起来，不能肯定
门锁何时会打开；在某地，
一个人被杀，一所房遭焚，
但没有事实可以说得清：
来，筑居在燕雀的空房里。

石头或木头垒起的障碍；
内战已经过大约十四日；
昨夜里他们用推车运载
血泊中年轻士兵的遗骸：
来，筑居在燕雀的空房里。

我们用幻想曾喂养心灵，
心灵变野蛮，皆因这伙食；
我们的敌意比爱意之中
有更多的实质；呵，蜜蜂，
来，筑居在燕雀的空房里。

（《碉楼》，1928 年）

内战中的叶芝

（依婉 · 伯兰回应《我窗边的燕雀巢》）

过了一会儿，一件怪事发生了；
在一个不可能有蜂蜜的地方，
我闻到了蜂蜜的气味。

中年之际，你用一双用来朝圣的便鞋
换取了诺曼人的饲料
在戈尔韦，内战爆发，蛮族
劫掠了你的国家，让你无法成眠。

通过某种方式，你安排逃离
登上一艘幽灵船只，每一天
这艘船都在战火和抢掠中扬起风帆——
在那艘船上，你计划着无票偷乘

太阳在一片荒芜的土地上升起
可是，从每一扇大门和转角处吹来的风
将蜂蜜的气味吹到你的脸上
而这里没有蜂蜜。我们了解到

只有你一个人，挣扎求存——
幻想蜂蜜的香甜，暂时缓解了你的痛苦。

YEATS IN CIVIL WAR

Presently a strange thing happened:
I began to smell honey in places where honey could not be.

In middle age you exchanged the sandals
Of a pilgrim for a Norman keep
In Galway. Civil war started, vandals
Sacked your country, made off with your sleep.

Somehow you arranged your escape
Aboard a spirit-ship which every day
Hoisted sail out of fire and rape—
On that ship your mind a stowaway.

The sun mounted on a wasted place,
But the wind at every door and turn
Blew the smell of honey in your face
Where there was none. Whatever we may learn

You are its sum, struggling to survive—
A fantasy of honey your reprieve.

Eavan Boland

(in response to THE STARE'S NEST
BY MY WINDOW, WB Yeats, 1928)

上图译文见插页

迈克尔·坎宁

Michael Canning

《1893》/ 蚀刻画 / 35.5 厘米 X 27.5 厘米

尘世的玫瑰

The Rose of the World

Who dreamed that beauty passes like a dream?
For these red lips, with all their mournful pride,
Mournful that no new wonder may betide,
Troy passed away in one high funeral gleam,
And Usna's children died.

We and the labouring world are passing by:
Amid men's souls, that waver and give place
Like the pale waters in their wintry race,
Under the passing stars, foam of the sky,
Lives on this lonely face.

Bow down, archangels, in your dim abode:
Before you were, or any hearts to beat,
Weary and kind one lingered by His seat;
He made the world to be a grassy road
Before her wandering feet.

(*The Rose*, 1893)

尘世的玫瑰*

谁曾梦见美像梦一般飘逝？
为了这红唇——满含哀怨的骄傲，
哀怨没有新的奇迹会来到——
特洛伊在一场冲天的葬火中消逝，
乌什纳的孩子死掉。

我们同辛劳的尘世一道流逝：
在飞逝的群星，天空的浪沫下头，
在仿佛冬季里奔腾的苍白河流
那样蜿蜒迂回的人们的灵魂里，
这孤独的容颜不朽。

鞠躬，大天使，在你们幽暗的住处：
在你们存在，或任何心脏跳动前，
疲惫而温和者已在神座前盘桓；
神把这尘世造成一条青草路，
在她漫游的双脚前。

（《玫瑰》，1893 年）

* 对于叶芝，玫瑰仍是理性美或爱的象征，但不同于雪莱或斯宾塞的理性美。后者是被追求的遥远的东西，而前者是与人类一同受难的美。——译者注

我无法充分描述出叶芝于1893年创作的《尘世的玫瑰》这首诗有多复杂。我从未学习过该如何分析比我自己的话更富有诗意的语言，然而有一点似乎很明白：叶芝有能力通过简单且有说服力的语言，将短暂的满足和观察，转化成充满后悔和沮丧、悲伤和容忍、祈祷和奇迹的诗篇，他创造出的影像令人眼花缭乱，却转瞬即逝，整体的感染力要大于单独的词语。

然而，深深烙印在我心中的，以及通篇读完之后体会到的，则是一朵玫瑰的影像，那朵玫瑰在褪色，是一朵变色玫瑰。

戴安娜·科波白

Diana Copperwhite

《洒掉的奶》/ 平版画 / 28 厘米 X 36 厘米

洒掉的奶

Spilt Milk

WE that have done and thought,
That have thought and done,
Must ramble, and thin out
Like milk spilt on a stone.

(*The Winding Stair and Other Poems*, 1933)

洒掉的奶 *

我们做过和想过，
想过和做过之辈，
必将漫流，变稀薄，
像洒在石上的奶。

（《旋梯及其他》，1933 年）

*

此诗作于 1930 年 11 月 8 日。英谚云，“牛奶洒掉了，哭也没有用”，意为不必为已发生而无可挽回的事情感到悔恨。——译者注

我选择了叶芝的这首《洒掉的奶》。在我看来，这首简短、直接的诗作呈现出了无数思想和情感。当我作画的时候，这些思想和情感贯穿于我的脑海，激发出了很多移动的影像，这些影像终于在一致的行动和结果中找到了决心。

迈克尔 · 卡伦

Michael Cullen

《得到安慰的库丘林》/ 金刚砂 / 28 厘米 X 37 厘米

节选自《得到安慰的库丘林》

From 'Cuchulain Comforted'

A man that had six mortal wounds, a man
Violent and famous, strode among the dead;
Eyes stared out of the branches and were gone.

Then certain Shrouds that muttered head to head
Came and were gone. He leant upon a tree
As though to meditate on wounds and blood.

A Shroud that seemed to have authority
Among those bird-like things came and let fall
A bundle of linen. Shrouds by two and three

(*Last Poems and Two Plays*, 1939)

一个有六处致命伤的汉子，一个
威名赫赫的汉子，阔步在死人堆；
一双双眼睛自树枝间凝望又隐没。

随后，一些交头接耳的尸衣
来而复去。他倾身靠着一棵树，
仿佛对创伤和鲜血凝神沉思。

在那些似鸟的东西中间，似乎
有权威的一尸衣前来，丢下一捆
亚麻布。三三两两的尸衣匍匐

得到安慰的库丘林*

一个有六处致命伤的汉子，一个
威名赫赫的汉子，阔步在死人堆；
一双双眼睛自树枝间凝望又隐没。

随后，一些交头接耳的尸衣
来而复去。他倾身靠着一棵树，
仿佛对创伤和鲜血凝神沉思。

在那些似鸟的东西中间，似乎
有权威的一尸衣前来，丢下一捆
亚麻布。三三两两的尸衣匍匐

上前，因为那汉子凝然不动。
于是那携来麻布者开口说起：
“你的生活会变得更美好，若你肯

“依我们古老的尺度，做一件尸衣；
主要是由于我们所仅知的一切，
那些武器的铿锵声令我们怖畏。

“我们引线穿针，要做的一切
我们都必须一起做。”那汉子纫好针，
捡起最近的一块布开始缝合。

“现在我们得唱歌，尽量唱好听，
但先得告诉你我们是何等人物：
全都是被亲属屠杀或逐出家庭，

任其在恐惧中死去的有罪懦夫。”
它们唱起来，却无人类的曲和词，
尽管全是一起唱，一切如故；

它们把嗓子变了，变成了鸟嗓子。

（《最后的诗和两个剧本》，1939 年）

*

库丘林，意为“库林的猎犬”，是古凯尔特红枝英雄传奇中的第一勇士。——译者注

叶芝在他人生中的最后两个星期写出了这首诗，原名叫《库丘林之死》。他根据一个栩栩如生的梦境创作出了这首诗，使人想起一个黑影进入阴间的画面。在读这首诗的时候，我想象到库丘林身处一个更像是古希腊神话的背景中，并且开始将库丘林和阿喀琉斯这两个人结合在一起——这两位英雄的故事有很多共同点。这首诗自始至终散发出一股尖刻的悲怆感，让我们想到，生命必有画上终点的一天，无一例外。这是在回应人类的困境！

尼亚姆 · 弗拉纳根

Niamh Flanagan

《不可能的未来：影子世界和梦想种子》/ 蚀刻画 / 28 厘米 X 37.5 厘米

湖岛因尼斯弗里

The Lake Isle of Innisfree

I will arise and go now, and go to Innisfree,
And a small cabin build there, of clay and wattles made:
Nine bean-rows will I have there, a hive for the honeybee,
And live alone in the bee-loud glade.

And I shall have some peace there, for peace comes dropping slow,
Dropping from the veils of the morning to where the cricket sings;
There midnight's all a glimmer, and noon a purple glow,
And evening full of the linnet's wings.

I will arise and go now, for always night and day
I hear lake water lapping with low sounds by the shore;
While I stand on the roadway, or on the pavements grey,
I hear it in the deep heart's core.

(*The Rose*, 1893)

湖岛因尼斯弗里 *

我要起身前去，前去因尼斯弗里，
用树枝和着泥土，在那里筑起小屋：
我要种九垄菜豆，养一箱蜜蜂在那里，
在蜂鸣的林间空地独居。

我将享有些平和，平和缓缓滴落，
从清晨的面纱滴落到蟋蟀鸣唱的地方；
那里夜半幽幽，正午紫光灼灼，
黄昏织满了红雀的翅膀。

我要起身前去，因为每夜每日
我总是听见湖水轻舐湖岸的低音；
站在马路上，或站在灰色人行道上时，
我都在心底听见那声音。

（《玫瑰》，1893 年）

*

因尼斯弗里：盖尔语，意为“石楠岛”，是斯莱戈郡吉尔湖中一小岛。——译者注

我选择以《湖岛因尼斯弗里》这首诗为创作蓝图。我喜欢反复读这首诗，我正在创作的画就是关于岛屿的，正好与这首诗有关联。我的作品对逃离和隔绝进行了探索；有对乌托邦的寻找以及要到其他地方去的躁动欲望。我利用我周围世界里的视觉元素来诠释这种对不可获得之物的探寻。我的湖岛笼罩在阴影中，被困在黑暗的玻璃雪景球里。有些梦从未出现过。雪景球的困境显示出人不可能完全脱离现实世界，并且捕捉了永恒的瞬间，或许这就是不可能实现的未来，而且远离日常世界的灰色路面。

保罗 · 加夫尼

Paul Gaffney

《无名》/ 绝缘涂料印花 / 40 厘米 X 50 厘米

节选自《亚当所受的诅咒》

From 'Adam's Curse'

We sat grown quiet at the name of love;
We saw the last embers of daylight die,
And in the trembling blue-green of the sky
A moon, worn as if it had been a shell
Washed by time's waters as they rose and fell
About the stars and broke in days and years.

I had a thought for no one's but your ears:
That you were beautiful, and that I strove
To love you in the old high way of love;
That it had all seemed happy, and yet we'd grown
As weary-hearted as that hollow moon.

(*In the Seven Woods*, 1904)

一提到爱情我们便沉默不语；
看夕阳最后一缕金辉燃尽；
在苍穹瑟瑟抖颤的碧色之中，
一瓣残月，日复一日年复年，
好似空贝壳浮沉在群星之间，
任时光的潮水冲刷磨损而破裂。

我有一个念头，只能对你说：
你美丽动人，我也尽心竭力
用古老的崇高方式把你热爱；
那似曾幸福，然而我们已经
像那空洞的残月般心灰意冷。

亚当所受的诅咒*

有一年夏末我们聚坐在一起，
你的密友，那美丽温柔的女子，
还有你和我，共同把诗艺谈论。
我说："一行诗也许花几个时辰，
但假如看来不像瞬间的灵感，
我们缀缀拆拆也都属枉然。
那你还不如屈膝跪倒在地，
把厨房地板擦洗，或像个老丐
去敲砸石块，无论天气好与坏；
因为要连缀妙音绝响，就要比
这些都更费工夫，可是还要被
聒噪的钱商、教员和牧师之辈——
殉道之士所谓的尘俗世界——
认作是游手好闲。"

　　　　　　　　接着下来
答言的是那美丽温柔的女子；
一听见她的嗓音低沉甜美，
许多人都会感到心中作痛：
"虽说学校里没有这门课程，
但是生为女人就理应知晓：
为求美好我们必须辛劳。"

我说："无疑，亚当堕落以来，
没有美好的东西不须费力气。
有不少恋人认为，爱情应该
配合有足够隆重高尚的礼仪——
他们叹息着摆出博学的面孔，

从美丽的古代典籍中博引旁征——
但如今就像是随随便便的交易。”

一提到爱情我们便沉默不语；
看夕阳最后一缕金辉燃尽；
在苍穹瑟瑟抖颤的碧色之中，
一瓣残月，日复一日年复年，
好似空贝壳浮沉在群星之间，
任时光的潮水冲刷磨损而破裂。

我有一个念头，只能对你说：
你美丽动人，我也尽心竭力
用古老的崇高方式把你热爱；
那似曾幸福，然而我们已经
像那空洞的残月般心灰意冷。

（《在那七片树林里》，1904 年）

*

此诗赠给了茅德·冈。上帝因亚当偷吃禁果而把他逐出伊甸园并诅咒他说：“你必终身劳苦才能从地里得吃的。……你必汗流满面才得糊口，直到你归了土……”（《旧约·创世记》，第 3 章，第 17—19 节）——译者注

马丁 · 盖尔

Martin Gale

《经那些柳园往下去》/ 蚀刻画 / 28 厘米 X 36 厘米

经那些柳园往下去

Down by the Salley Gardens

Down by the salley gardens my love and
I did meet;
She passed the salley gardens with
little snow-white feet.
She bid me take love easy, as the leaves grow on
the tree;
But I, being young and foolish, with her would
not agree.

In a field by the river my love and I did stand,
And on my leaning shoulder she laid
her snow-white hand.
She bid me take life easy, as the grass grows on
the weirs;
But I was young and foolish, and now am
full of tears.

(*Crossways*, 1889)

经那些柳园往下去[*]

经那些柳园往下去，爱人和我曾会面；
用一双雪白的小脚，她走过那些柳园。
她教我从容看爱情，一如枝头生绿叶，
可是我年少又愚蠢，不同意她的见解。

在河边一片野地里，爱人和我曾驻足；
在我斜倚的肩头上，她搭着雪白小手。
她教我从容看人生，一如堰上长青草，
可是我年少又愚蠢，如今满眼泪滔滔。

（《十字路》，1889 年）

*

此诗原题《老歌重唱》。叶芝说，“这是根据斯莱戈郡巴利索代尔村的一个经常自哼自唱的老农妇记不完全的三行老歌词重写的尝试”（1889 年，《校刊本》第 90 页）。这首老歌可能是民间谣曲《寻欢作乐的浪子们》，其中有句云：“一天傍晚我从柳园旁边路过 / 在那里看见这小美妞，她对我这样说 / 她劝我从容看爱情，如枝头生绿叶 / 可我年少又愚蠢，未听从爱人的劝诫。”——译者注

《经那些柳园往下去》是叶芝根据一种传统民谣改编而成，出自他早期出版的诗集《十字路》（1889）。

叶芝怀揣爱尔兰民族主义情怀，和其他人一道，寻求建立独具特色的爱尔兰文化。在他的创作生涯中，诗歌和民谣始终密不可分，描绘或影响了他所钟爱的民间故事。

我选择这首诗，是因为这首民谣本身就很美，叶芝在重新构想这首歌的时候，增添了轻柔忧郁的元素，令人沉醉。

在我想象的画面中，一个女孩身着英王爱德华时代的裙子，站在一个花园一般的地方。这首诗描绘的是诗人年轻时所处的时代，处于拉斐尔前派时代和 20 世纪及现代主义出现之间。

理查德·戈尔曼

Richard Gorman

《旋转的蓝》/ 平版画 / 55 厘米 X 45 厘米

一位爱尔兰飞行员预见死亡

An Irish Airman Foresees His Death

I know that I shall meet my fate
Somewhere among the clouds above;
Those that I fight I do not hate,
Those that I guard I do not love;
My country is Kiltartan Cross,
My countrymen Kiltartan's poor,
No likely end could bring them loss
Or leave them happier than before.
Nor law, nor duty bade me fight,
Nor public men, nor cheering crowds,
A lonely impulse of delight
Drove to this tumult in the clouds;
I balanced all, brought all to mind,
The years to come seemed waste of breath,
A waste of breath the years behind
In balance with this life, this death.

(*The Wild Swans at Coole*, 1919)

一位爱尔兰飞行员预见死亡 *

我知道我将要遭逢厄运
在天上浓云密布的某处；
对所抗击者我并不仇恨，
对所保卫者我也不爱慕；
我的故乡是齐勒塔尔坦，
那里的穷人是我的同胞，
结局既不会使他们损减，
也不会使他们过得更好。
不是闻人或欢呼的群众，
或法律或义务使我参战，
是一股寂寞的狂喜冲动
长驱直入这云中的骚乱；
我回想一切，权衡一切，
未来的岁月似毫无意义，
毫无意义的是以往岁月，
二者平衡在这生死之际。

（《库勒的野天鹅》，1919 年）

*

格雷戈里夫人的独生子罗伯特·格雷戈里（1881—1918）在英国皇家空军服役，于 1918 年 1 月 23 日第一次世界大战期间在意大利前线阵亡。——译者注

群青，名词，一种鲜艳的深蓝色颜料，原本是从天青石里提取的，现在则是由耐火土粉、碳酸钠、硫黄和树脂混合制造而成。

起源于 16 世纪末，英文“ultramarine”，源自中古拉丁语“ultramarinus”，意为“在大海的另一边”。这种颜料的名字来自古意大利语“（azzurro）oltramarino”，字面意思是“（海天青）来自海外”。

利奥 · 希金斯

Leo Higgins

《用树枝和着泥土》/ 青铜和金叶 / 40 厘米 X 14.5 厘米 X 5 厘米

湖岛因尼斯弗里

The Lake Isle of Innisfree

I will arise and go now, and go to Innisfree,
And a small cabin build there, of clay and wattles made:
Nine bean-rows will I have there, a hive for the honeybee,
And live alone in the bee-loud glade.

And I shall have some peace there, for peace comes dropping slow,
Dropping from the veils of the morning to where the cricket sings;
There midnight's all a glimmer, and noon a purple glow,
And evening full of the linnet's wings.

I will arise and go now, for always night and day
I hear lake water lapping with low sounds by the shore;
While I stand on the roadway, or on the pavements grey,
I hear it in the deep heart's core.

(*The Rose*, 1893)

湖岛因尼斯弗里

我要起身前去，前去因尼斯弗里，
用树枝和着泥土，在那里筑起小屋：
我要种九垄菜豆，养一箱蜜蜂在那里，
在蜂鸣的林间空地独居。

我将享有些平和，平和缓缓滴落，
从清晨的面纱滴落到蟋蟀鸣唱的地方；
那里夜半幽幽，正午紫光灼灼，
黄昏织满了红雀的翅膀。

我要起身前去，因为每夜每日
我总是听见湖水轻舐湖岸的低音；
站在马路上，或站在灰色人行道上时，
我都在心底听见那声音。

（《玫瑰》，1893 年）

用树枝和着泥土，筑起一座想象的小屋。我觉得那座小屋便是这个样子。

斯蒂芬・劳勒

Stephen Lawlor

《在记忆中》/ 蚀刻画和凹版腐蚀制版画 / 23 厘米 X 34 厘米

节选自《纪念伊娃·郭尔－布斯和康·马尔凯维奇》

From 'In Memory of Eva Gore-Booth and Con Markiewicz'

The light of evening, Lissadell,
Great windows open to the south,
Two girls in silk kimonos, both
Beautiful, one a gazelle.
But a raving autumn shears
Blossom from the summer's wreath;
The older is condemned to death,
Pardoned, drags out lonely years
Conspiring among the ignorant.
I know not what the younger dreams –
Some vague Utopia – and she seems,
When withered old and skeleton-gaunt,
An image of such politics.
Many a time I think to seek
One or the other out and speak
Of that old Georgian mansion, mix
pictures of the mind, recall
That table and the talk of youth,
Two girls in silk kimonos, both
Beautiful, one a gazelle.

(*The Winding Stair and Other Poems*, 1933)

纪念伊娃·郭尔－布斯和康·马尔凯维奇*

一

利萨代尔，傍晚的灯光，
朝向南方的硕大窗户，
两个穿丝袍的少女，都
很美，一个好像羚羊。
可是一个肃杀的秋天
把鲜花从夏日的花环上剪除；
年长者遭了死刑的判处，
遇赦后，挨过寂寞的长年，
在愚氓中间从事着阴谋。
我不知年幼者梦想什么——
某种模糊的乌托邦——她仿佛，
到老得瘦骨嶙峋的时候，
这类政治的一个鬼影。
有好多次我打算去访寻
这位或者那位，谈论
那乔治时代的老宅，混同
心中的种种景象，回想
那桌子和青年时代的谈吐，
两个穿丝袍的少女，都
很美，一个好像羚羊。

二

亲爱的幽灵，现在你们
洞悉一切，一切与公共
是非斗争的愚蠢行径。

天真之人和美丽之人
除了时光没有仇敌；
起来，教我划一根火柴，
再划一根，到时光燃起来；
假如大火升腾而起，
就跑，到所有智者都知道。
我们建造了伟大的楼台，
他们却宣告我们有罪；
教我划火柴，把火吹着。

（《旋梯及其他》，1933 年）

*

伊娃·郭尔－布斯（1870—1926）：诗人、社会主义者；康·马尔凯维奇（1868—1927）：革命家。后者因参与 1916 年复活节起义而被判处死刑，后改判无期徒刑，1917 年 6 月遇大赦出狱，仍旧活跃于爱尔兰政坛。叶芝自 1894 年起与该姊妹相识。——译者注

叶芝年轻时的清晰记忆被他印象中这两个女人的衰老所抵消。他是不是更喜欢她们坐在优雅的客厅中的样子？那段回忆或许推翻了他的判断，而时光都隐入了阴影之中。

路易斯·伦纳德

Louise Leonard

《绿色的宁静》/ 蚀刻画和凹版腐蚀制版画 / 36 厘米 X 28 厘米

荫翳的水域：
给格雷戈里夫人的献诗
From 'The Shadowy Waters' Dedication to Lady Gregory'

How shall I name you, immortal, mild, proud shadows?
I only know that all we know comes from you,
And that you come from Eden on flying feet.
Is Eden far away, or do you hide
From human thought, as hares and mice and coneys
That run before the reaping-hook and lie
In the last ridge of the barley? Do our woods
And winds and ponds cover more quiet woods,
More shining winds, more star-glimmering ponds?
Is Eden out of time and out of space?
And do you gather about us when pale light
Shining on water and fallen among leaves,
And winds blowing from flowers, and whirr
of feathers
And the green quiet, have uplifted the heart?

(*The Shadowy Waters*, 1906)

荫翳的水域：
给格雷戈里夫人的献诗

我怎样称呼你们，不朽、温和、骄傲的幽灵？
我只知道，我们所知的一切都来自你们，
你们双脚腾空飞行来自伊甸乐园。
伊甸乐园遥远吗？抑或是你们躲避
人类思想，就像野兔、田鼠、蹄兔那样，
从收割的镰刀前面跑过，卧在
大麦堆最后的山脊上？我们的树木、
风和池塘是否覆盖着更多宁静的树木，
更多闪耀的风，更多星光闪烁的池塘？
伊甸乐园是否在时间和空间之外？
照在水面上、落在树叶间的暗淡微光，
从花丛吹来的风，鸟翼的扑扇声，
以及那绿色的宁静，令心情振奋了起来，
在这样的时刻，你们是否围在我们身旁？

（《荫翳的水域》，1906 年）

叶芝把这首《荫翳的水域》献给格雷戈里夫人，他生动地谈到了树林之灵，邀请聆听者去想象一个有生命、会呼吸且令人陶醉的存在。在观赏这幅画的时候，我希望有人能听到那片树林的声音：鸟儿的鸣叫，昆虫的嗡嗡声，潺潺水声，树叶的沙沙声，羽毛的呼呼声，还有绿色的宁静的声音——并且会发现自己的心情振奋了起来。

凯特·麦克多纳

Kate Mac Donagh

《面具》/ 木版画 / 28 厘米 X 36 厘米

面具

The Mask

'Put off that mask of burning gold
With emerald eyes.'
'O no, my dear, you make so bold
To find if hearts be wild and wise,
And yet not cold.'

'I would but find what's there to find,
Love or deceit.'
'It was the mask engaged your mind,
And after set your heart to beat,
Not what's behind.'

'But lest you are my enemy,
I must enquire.'
'O no, my dear, let all that be;
What matter, so there is but fire
In you, in me?'

(*The Green Helmet and Other Poems*, 1910)

面具*

“摘下那眼窝镶嵌翡翠、
闪耀的黄金面具。”
“哦不，亲爱的，你如此冒昧
想知道心是否狂野而睿智，
却又不冷不灰。”

“我只要知道所应该知道，
是爱还是欺骗。”
“正是这面具占据着你头脑，
后来又拨动了你的心弦，
而不是后面的真貌。”

“但以免你我成为仇敌，
我一定要你照办。”
“哦不，亲爱的，让一切如此；
只要有团火在你我心中燃，
这又有什么关系？”

（《绿盔及其他》，1910 年）

*

此抒情诗是剧本《演员女王》中男女主人公的对白。——译者注

面具代表着什么？
面具与面具下隐藏的真面目有什么关联？
这截然相反的两面进行了怎样的斗争？
叶芝用《面具》这首诗提出了这些问题。
我对这些问题很感兴趣。

凯尔文·曼

Kelvin Mann

《鱼》/ 丝网印刷画，短绒纤维 / 36 厘米 X 29.5 厘米

鱼

The Fish

Although you hide in the ebb and flow
Of the pale tide when the moon has set,
The people of coming days will know
About the casting out of my net,
And how you have leaped times out of mind
Over the little silver cords,
And think that you were hard and unkind,
And blame you with many bitter words.

(*The Wind Among the Reeds*, 1899)

鱼*

尽管晓月西沉后你隐匿
在那灰白的落潮深处，
来日里的人们也将知悉
我是怎样把渔网抛出，
而你又是怎样无数次地
跃过那些细细的银索，
他们会认为你薄情寡义，
并且狠狠地把你斥责。

（《苇间风》，1899年）

*

此诗赠茅德·冈。最初发表于《康沃尔杂志》（1898年12月），时题为《渔夫布莱塞尔》。——译者注

我立刻被这首诗吸引住了，因为它很短。短，用一幅画便足以诠释。但从视觉上而言，这首诗则显得强烈鲜明。一条部分身体被遮掩的鱼冲出水面，引起了银色的涟漪。这条鱼这么难捉，观者会感觉受挫和耻辱，我尤为喜欢这一点。似乎那时和现在一样，钓鱼更注重的是追逐的刺激或是逃脱的那条鱼。

谢默斯·麦克里里

James McCreary

《哈得斯的晨鸡》/ 铜版雕刻和凹版腐蚀制版 / 28 厘米 X 36 厘米

节选自《拜占庭》

From 'Byzantium'

Miracle, bird or golden handiwork,
More miracle than bird or handiwork,
Planted on the star-lit golden bough,
Can like the cocks of Hades crow,
Or, by the moon embittered, scorn aloud
In glory of changeless metal
Common bird or petal
And all complexities of mire or blood.

(*The Winding Stair and Other Poems*, 1933)

奇迹、鸟或金制的玩意儿，
说是鸟或玩意儿不如说是奇迹，
栖止在星光照耀的金枝上，
能像哈得斯的晨鸡般啼唱，
或者被月亮所激怒，身披
不朽金属的光华，大声轻贱
平凡的飞鸟或花瓣
和一切淤泥或血液的聚合体。

拜占庭 *

白天不洁的形象隐退；
皇帝的醉兵丁上床入睡；
夜籁沉寂：夜行者的歌声
接着大教堂的锣鸣；
星辉或月光下的圆顶蔑视
人类的一切，
区区的聚合，
人类血脉的怒气和淤泥。

一个影像，人或鬼，在我眼前飘荡，
说是人更像鬼，说是鬼更像影像；
因为尸布里裹的哈得斯线轴
也许会解开那缠绕的道路；
一张无水分也无气息的嘴，
会把众多无气息的嘴召集；
我向那超人者致意：
我叫它死中生、生中死。

奇迹、鸟或金制的玩意儿，
说是鸟或玩意儿不如说是奇迹，
栖止在星光照耀的金枝上，
能像哈得斯的晨鸡般啼唱，
或者被月亮所激怒，身披
不朽金属的光华，大声轻贱
平凡的飞鸟或花瓣
和一切淤泥或血液的聚合体。

夜半，皇帝的甬道上飘闪

不假柴薪和钢镰燃点、
狂风不扰、生自火焰的火焰，
血生的鬼魂来到其间，
一切怒气的聚合体撤离，
消逝在一个舞，
一阵失神的痛苦，
烧不焦衣袖的火焰的痛苦里。

骑着海豚的泥血之躯，
鬼魂鱼贯而来！工匠们截断那洪流，
皇帝御用的金匠们！
舞场铺地的大理石
截断聚合的强烈怒气，
那些仍在生养
新影像的影像，
那被海豚划破、锣声折磨的大海。

（《旋梯及其他》，1933 年）

*

拜占庭象征艺术和灵魂的圣地。叶芝认为灵魂须不断轮回再生，逐渐达到不朽境地；而每次再生前，须经净化。此诗即写灵魂超脱轮回，走向永恒乐土之前的最后一次净化。——译者注

在上加德纳街圣方济各·沙勿略天主教堂对面的花园里，随处可见《哈得斯的晨鸡》。正是在这座昏暗的教堂里，我第一次听到了天堂和地狱的说法。我一直认为“hades”（哈得斯）在希腊语中表示“hell”（地狱）之意，认为这两个词就是同一个词。但我现在不再这么笃定了；我在儿时信奉天主教，“hades”似乎并不是我那时候以为的地狱。加德纳街的晨鸡，和叶芝的金鸟一样，都是人造的，不过不是同一个标准。但要下地狱，人不需要成为完人。完美不是进入地狱的途径——通过一条较为平常的路，便可下地狱。

埃德·米利亚诺

Ed Miliano

《在那七片树林里》/ 木刻版画 / 28 厘米 X 36 厘米

在那七片树林里

In the Seven Woods

I have heard the pigeons of the Seven Woods
Make their faint thunder, and the garden bees
Hum in the lime-tree flowers; and put away
The unavailing outcries and the old bitterness
That empty the heart. I have forgot awhile
Tara uprooted, and new commonness
Upon the throne and crying about the streets
And hanging its paper flowers from post to post,
Because it is alone of all things happy.
I am contented, for I know that Quiet
Wanders laughing and eating her wild heart
Among pigeons and bees, while that Great Archer,
Who but awaits His hour to shoot, still hangs
A cloudy quiver over Pairc-na-lee.

(*In the Seven Woods*, 1904)

在那七片树林里[*]

我已听见那七片树林中的野鸽
造出隐隐雷声，花园里的蜜蜂
在菩提树花丛中低吟；已经抛开
使心房变得空虚的徒劳的叫喊
和旧日的苦痛。我已暂时忘却了
被根绝了的塔拉，以及王位上的
新凡庸，还有大街上处处的欢呼、
一根根柱子上为它悬挂的纸花，
因为万物之中唯有它是快乐的。
我心满意足，因为我知道静女
在鸽子和蜜蜂间漫游，大笑着吞食
她狂野的心，而那伟大的射手
只等发射的时刻，把乌云似的
箭囊仍高悬在派克纳利上空。

（《在那七片树林里》，1904 年）

*

叶芝好友、作家格雷戈里夫人（1852—1932）在戈尔韦郡的库勒庄园包括库勒湖及环湖的七片树林。叶芝常在那里小住写作。——译者注

所有的光线都照耀着那头强壮且自信的雄鹿。这是属于它的时间。叶芝穿梭于爱尔兰西部的树林，思考他的时间感和空间感。就在他写这首诗的时候，这片树林充满了生命，但叶芝感觉到变化即将出现——他周围的世界正在改变。叶芝也在变，并将从这熟悉的场景中，成长为一个更伟大、受全世界欢迎的艺术家。

保罗·马尔登

Paul Muldoon

《孟菲斯》/ 手铸字，18 分卡斯龙古体字和凸版印刷 / 55 厘米 X 45 厘米

再度降临

The Second Coming

Turning and turning in the widening gyre
The falcon cannot hear the falconer;
Things fall apart; the centre cannot hold;
Mere anarchy is loosed upon the world,
The blood-dimmed tide is loosed, and everywhere
The ceremony of innocence is drowned;
The best lack all conviction, while the worst
Are full of passionate intensity.

Surely some revelation is at hand;
Surely the Second Coming is at hand.
The Second Coming! Hardly are those words out
When a vast image out of Spiritus Mundi
Troubles my sight: somewhere in sands of the desert
A shape with lion body and the head of a man,
A gaze blank and pitiless as the sun,
Is moving its slow thighs, while all about it
Reel shadows of the indignant desert birds.
The darkness drops again; but now I know
That twenty centuries of stony sleep
Were vexed to nightmare by a rocking cradle,
And what rough beast, its hour come round at last,
Slouches towards Bethlehem to be born?

(*Micheal Robartes and the Dancer*, 1921)

再度降临*

盘旋盘旋在渐宽的螺旋中，
猎鹰听不见驯鹰人的呼声；
万物崩散；中心难维系；
世界上散布着一派狼藉，
血污的潮水到处泛滥，
把纯真礼仪淹没吞噬；
优秀的人们缺乏信念，
卑劣之徒却狂嚣一时。

确乎有某种启示近在眼前；
确乎再度降临近在眼前。
“再度降临”！这几字尚未出口，
一巨大形象出自“世界灵魂”，
闯入我的眼界：在大漠尘沙里，
一个长着狮身人面的形体，
目光好似太阳般茫然而冷酷，
挪动着迟钝的大腿；它周围处处
旋舞着愤怒的沙漠野禽的阴影。
黑暗重新降临；但如今我知道
那两千年之久僵卧如石的沉睡
已被一只摇篮搅扰成噩梦；
何等恶兽——其时辰终于来到——
正懒懒走向伯利恒去投胎降生？

（《麦克尔·罗巴蒂斯与舞者》，1921年）

*

《新约・马太福音》第 24 章第 30—44 节载，耶稣预言他将再度降临人间，主持末日审判，开创新纪元。《新约・约翰一书》第 2 章第 18 节载，约翰预见到昭示天启之兽或“敌基督”将在世界末日之前到来，毁灭旧世纪。叶芝把二者糅合起来，结合新柏拉图主义的历史循环说，预言近两千年的基督教文明将在剧烈的暴力冲击下终结，随之将开始一种新的文明，因为他认为人类文明两千年一循环。此诗写于 1919 年 1 月，也反映了叶芝对第一次世界大战和英爱战争中“黑棕部队”（爱尔兰皇家警队后备队，一支准军事部队，用于镇压爱尔兰共和军在爱尔兰发动的革命，因酗酒和军纪不整而恶名远扬）的态度。诗中的“再度降临”是虚写，实写的是基督再度降临前的“破坏之神”的降临。——译者注

孟菲斯

（保罗·马尔登回应《再度降临》）

我的脸就是皇室石棺上的脸
我守护了数个世纪，我的腰腿部是狮子的
腰腿部
它是太阳神，
我能做的就是弓起背。

如果我可以专注于那项任务
我或许最终可以
让我的膝盖运动起来。我已经查阅过
墓地的草图，所以能够缓慢地移动

走过金字塔
跟着穿过热带棘林
荒芜的土地，绿草茵茵的平原……

现在我追寻着那些标记
啤酒杯垫上的红色三角，锯屑环
到了夜晚，我不得不将四只爪子
放在翻过来的浴缸上，维持平衡。

MEMPHIS

My face was the face on the royal sarcophagus
I'd guarded for many an age, my haunch the lion-haunch
of the sun-god, Sekhmet.
All I had to go on was the hunch

that if I could but focus
on the task I might eventually will the hinge
of my knee to move. I'd already consulted the schemata
of the necropolis so was able to inch

past the pyramids,
then make my way through thorn forests,
the arid patches, grassy plains...

Now I've followed those trademark red triangles on beermats
to a sawdust ring where nightly I'm forced
to set all four paws on an upturned tub and hold my balance.

Paul Muldoon

(in response to THE SECOND COMING, WB Yeats, 1928)

上图译文见插页

尼尔·拉伊桑

Niall Naessens

《月亮滑出天外》/ 蚀刻画，凹版腐蚀制版和水粉画 / 28 厘米 X 36 厘米

一个男人的青年和老年

A man young and old

I

First Love'

Though nurtured like the sailing moon
In beauty's murderous brood,
She walked awhile and blushed awhile
And on my pathway stood
Until I thought her body bore
A heart of flesh and blood.

But since I laid a hand thereon
And found a heart of stone
I have attempted many things
And not a thing is done,
For every hand is lunatic
That travels on the moon.

She smiled and that transfigured me
And left me but a lout,
Maundering here, and maundering there,
Emptier of thought
Than the heavenly circuit of its stars
When the moon sails out.

(*The Tower*, 1928)

一个男人的青年和老年*

一、初恋

虽然在美的残酷孕育中
出落得像滑翔的月亮，
她时而漫步，时而脸红，
伫立在我的小径上，
直到我以为她体内藏有
一颗有血肉的心脏。

但是自从我伸手在那里
发现了一颗石心起，
我已经尝试过许多事情，
却没有一件顺利，
因为摸索月亮的手
都是神经有问题。

她微微一笑就改变了我，
又撇下我像个小丑
这里走走，那里逛逛，
头脑空空没念头，
还不如天上群星的轨道，
在月亮滑出天外后。

（《碉楼》，1928 年）

*

这组诗的前四首原题为《四首年轻乡下人的歌》；第六、七、八、九首原题为《老年乡下人的更多的歌》。其中诗作相对独立，一般选诗只选诗作，而不提组诗题目。——译者注

我最初选择的是《经那些柳园往下去》这首诗，因为我每次打开我的叶芝诗集，脑海里都会回荡着这首诗的演唱版本。1909 年，赫伯特·休斯为这首诗谱了曲，颇有《莫恩海岸的少女》这首歌的传统韵味。

因为一行诗的力量或意象，我在很多首诗的书页上都折了角，而且这些诗篇里常出现月亮。由于“月亮滑出天外”具有强烈的画面感，我总是重读《初恋》这首诗。塞缪尔·帕尔默的蚀刻画出现在我的脑海里，《孤塔》尤为如此。他那些洒满月光的蚀刻画仿佛源于叶芝时常居住的那个充满幻象的怪异世界。这个月光满溢的世界是另一个样子，我觉得叶芝会用它来加强很多诗歌的情感。我采用了帕尔默的月亮作为主题。

我最后的作品涉及这两首诗。柳园上方，月亮滑出天外，通过一面屏风的观看，年轻人单恋时的孤寂和讳莫如深得到加强，而这正是这两首诗的主题。

莉娜・努登斯特伦

Lina Nordenström

《兼收并蓄，包罗万象》/ 手铸字，16 分柯钦体字和凸版印刷 / 36.5 厘米 X 31.5 厘米

节选自《致未来的爱尔兰》

From 'To Ireland in the Coming Times'

While still I may, I write for you
The love I lived, the dream I knew.
From our birthday, until we die,
Is but the winking of an eye;
And we, our singing and our love,
What measurer Time has lit above,
And all benighted things that go
About my table to and fro,
Are passing on to where may be,
In truth's consuming ecstasy,
No place for love and dream at all;
For God goes by with white footfall.
I cast my heart into my rhymes,
That you, in the dim coming times,
May know how my heart went with them
After the red-rose-bordered hem.

(*The Rose*, 1893)

只要能，我就写给你
我熟知历经的梦和爱。
从我们出生，到死亡，
不过是一眨眼的时光；
而我们、歌唱和爱情、
“时光”在天上点的灯
和往来于我桌子四周，
在黑夜里来临的灵物，
都不断地流逝到那里：
在真理渐衰的狂喜里，
全无爱和梦的容身地；
神走过，留白色足迹。
我把心铸入我的诗，
好让你，在渺茫的未来，
知我心曾如何同它们
追随那镶红玫瑰的长裙。

致未来的爱尔兰*

知道吧，我愿被视为
一个群体的真兄弟，
为减轻爱尔兰的创痛，
把谣曲和民歌唱诵；
而不愿比他们差毫分，
因那镶红玫瑰的长裙
拖过那文字每一篇：
在上帝创造天使前，
她早已开始有历史。
在时光开始怒吼时，
她如飞舞步的律动
使爱尔兰的心跳动；
时光教所有的蜡烛
处处照耀着那舞步；
愿关于爱尔兰的思想
孕育在律动的宁静上。

愿我不逊于这些人：
戴维斯、曼根、佛格森，
因为，对善于深思者，
我的诗比他们的更多
道出深海中的发现，
那里仅尸体在长眠。
四大元素的创造物
往来于我桌子四周，
从混乱的脑海冲出
去洪水和大风中怒吼；
而踏着韵律者跳舞，

必会以注目换注目。
人永远与她们同前进，
追随那镶红玫瑰的长裙。
在月下舞蹈的仙女，
啊，巫之国，巫之曲！

只要能，我就写给你
我熟知历经的梦和爱。
从我们出生，到死亡，
不过是一眨眼的时光；
而我们、歌唱和爱情、
“时光”在天上点的灯
和往来于我桌子四周，
在黑夜里来临的灵物，
都不断地流逝到那里：
在真理渐衰的狂喜里，
全无爱和梦的容身地；
神走过，留白色足迹。
我把心铸入我的诗，
好让你，在渺茫的未来，
知我心曾如何同它们
追随那镶红玫瑰的长裙。

（《玫瑰》，1893年）

*

这是诗集《玫瑰》的跋诗。——译者注

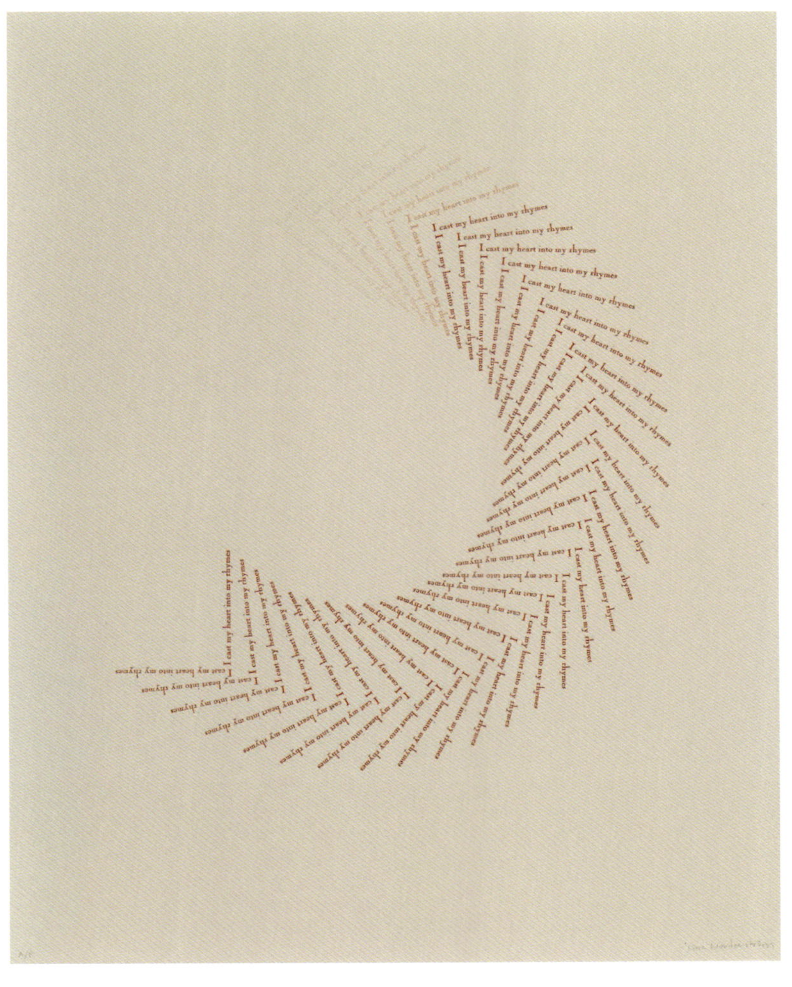

“我把心铸入我的诗”，这句诗深深蚀刻在了我的心里。我读过叶芝很多诗，但时常想起这句。

从这句诗可以看出他的作品中一个非常重要的方面，至少也反映出了我对他的诗所怀有的印象。他用浪漫的方式来表达主题，令人十分震撼。与此同时，他对爱尔兰人民非常忠诚，这为他的诗歌增添了几分政治意味；他认为有必要保护和加强爱尔兰的民族存在感，并且相信这很重要。这并不矛盾，反而形成了鼎立之势：一方面是感情丰富又主观的声音，另一方面则是条理清晰的政治议题。此外，他的诗歌富有韵律，趋于完美。正如谢默斯·希尼对叶芝诗歌的评价，无论是他的哪种诗歌，都兼收并蓄，包罗万象。

正是出于这个原因，我才选择用一个严格的几何形状来印出叶芝的这句诗，同时我采用的形状还可以表达出一种强烈的移动感。那些字是凸版印刷，字体是 16 分柯钦体。我决定使用红色，是因为这首诗中有一句重复的诗句：“追随那镶红玫瑰的长裙”。在灰色的阿其士水彩纸上，效果不只明快，且显得十分庄重，让人觉得条理缜密，而非任性冲动。反正这就是我盼望达到的效果。

拉尔斯·尼贝里

Lars Nyberg

《凯门海滩之上》/ 铜版画 / 13 厘米 X 24 厘米

红发霍拉汉关于爱尔兰的歌

Red Hanrahan's Song About Ireland

The old brown thorn-trees break in two
high over Cummen Strand,
Under a bitter black wind that blows from the left hand;
Our courage breaks like an old tree in a black wind
and dies,
But we have hidden in our hearts the flame out
of the eyes
Of Cathleen, the daughter of Houlihan.

The wind has bundled up the clouds high over
Knocknarea,
And thrown the thunder on the stones for all that
Maeve can say.
Angers that are like noisy clouds have set our
hearts abeat;
But we have all bent low and low and kissed the
quiet feet
Of Cathleen, the daughter of Houlihan.

The yellow pool has overflowed high up on
Clooth-na-Bare,
For the wet winds are blowing out of the clinging air;
Like heavy flooded waters our bodies and our blood;
But purer than a tall candle before the Holy Rood
Is Cathleen, the daughter of Houlihan.

(*In the Seven Woods*, 1904)

红发霍拉汉关于爱尔兰的歌 *

由于从左边吹来的一阵酷烈黑风的肆虐，
褐色老荆棘树在凯门海滩之上断为两截；
我们的勇气像棵老树在黑风中断折而亡，
但我们已在我们心底珍藏了那火样目光——
出自霍拉汉的女儿凯瑟琳。

狂风在科垴克纳瑞之上的高空卷起云朵，
把霹雳摔在乱石上而不管梅娃会说什么。
喧闹的乌云似的愤怒使我们的心脏狂跳；
但我们都低低俯身去亲吻那双平静的脚——
属于霍拉汉的女儿凯瑟琳。

黄色的水塘泛滥在科露什纳芭尔的高处，
因为潮湿的风正透过黏糊糊的空气吹出；
我们的身体和我们的血液就像汹涌洪波；
但比神圣十字架前高高蜡烛更为纯洁者
乃是霍拉汉的女儿凯瑟琳。

（《在那七片树林里》，1904 年）

*

红发霍拉汉是叶芝早期短篇小说里虚构的人物。至于科垴克纳瑞、梅娃、科露什纳芭尔（此处为山名），叶芝在给《希神的集结》一诗所加的自注中说，“科垴克纳瑞山在斯莱戈，乡民说，西部的希神的伟大女王梅娃就葬在山上的石冢中。我在《凯尔特的曙光》中写到过科露什纳芭尔。她‘走遍全世界，寻找一个足够深的湖，以溺毙她的仙躯，她已厌倦了神仙生活；她从一个山丘跃到另一个山丘，在所到之处建立一个个石冢；终于，她在斯莱戈，鸟山之巅的小伊阿湖找到了世界上最深的水’。……科露什纳芭尔意为‘芭尔的老妇人’……她出现在许多地方的传说中”（1899 年，《校刊本》，第 800—802 页）。——译者注

几年前，我在通往梅奥郡基拉拉的路上看到了那些树和灌木。立刻，我开始画它们。它们成为我心中的一个象征，象征着悲伤，代表着受伤与分离。那两棵树之间有一大段距离——出了什么事呢？肯定有一个我不知道细节的悲伤传说，但我相信我能听到一些它们的故事，它们的回忆。它们后面是一片美景，重峦叠嶂，田野丰饶，看起来和谐无间，与前景中的旧时回忆形成了强烈对比。

一看到《红发霍拉汉关于爱尔兰的歌》中的前几句，我就想到了之前见过的那些树和灌木。在叶芝的诗中，我觉得那种感觉——那种氛围，那片景色，叶芝笔下的景色——就是一个象征。他的象征？一种感觉还是一个国家？但在远方，在未来，另一种景观与前景中这两棵遥遥相望的树形成了对比。

多年间，我为基拉拉的这两棵树画了很多画，一幅又一幅。我一直在尝试更多地了解它们。后来，我看了《红发霍拉汉关于爱尔兰的歌》，便开始采用尖锐的钢针在镜面抛光铜版上作画。

埃德娜·奥布莱恩

Edna O'Brien

《叶芝的诗歌》/ 手铸字，18 分卡斯龙古体字和凸版印刷 / 55 厘米 X 45 厘米

圣母

The Mother of God

The threefold terror of love; a fallen flare
Through the hollow of an ear;
Wings beating about the room;
The terror of all terrors that I bore
The Heavens in my womb.

Had I not found content among the shows
Every common woman knows,
Chimney corner, garden walk,
Or rocky cistern where we tread the clothes
And gather all the talk?

What is this flesh I purchased with my pains,
This fallen star my milk sustains,
This love that makes my heart's blood stop
Or strikes a sudden chill into my bones
And bids my hair stand up?

(*The Winding Stair and Other Poems*, 1933)

圣母

对爱的三重恐惧；一颗
穿过耳窝陨落的流火；
屋里到处扇动的翅膀；
恐惧中的恐惧——我在我
子宫中孕育着天堂。

在普通女人熟悉的表演，
壁炉旁边，花园小路间，
或者在我们边踩衣物、
边说闲话的岩石水池边，
难道我不曾得满足？

我用痛苦生育的这肉身，
用乳汁喂养的这颗陨星，
这使我心房的血液停辍
或如骤寒刺骨，令发根
直竖的爱是什么？

（《旋梯及其他》，1933 年）

叶芝的诗歌

（埃德娜·奥布莱恩回应《圣母》）

叶芝的《圣母》并非我最喜欢的叶芝的诗，但这首诗令我着迷不已，既因为这首诗的严密精确，也因为它看来奇怪陌生。在对那个女人的描写中，诗人笔触残忍无情，没有淡淡的眉毛，没有梦幻般的双眸，只是一个毫无特色的母亲，对她自己的命运茫然无知。她更喜欢壁炉角，或是和一群女人在洗衣房里闲聊，却要无助地拒绝神圣的召唤。她的天使传报不是闪亮的星辰，反而让她体会到了恐惧，一颗流火穿过耳窝陨落，屋里到处扇响的翅音，而我们知道，她的子宫中孕育着诸神。没有狂喜，没有天使，她的生育和其他人一样血腥。没有安慰，没有幸福，这对母子之间没有任何柔声细语。她只是命运的工具，并且很快就会被抛弃。

叶芝为何要写这首诗？

这是在否定男性神明，抑或是在思考克尔凯郭尔的教诲，而根据克尔凯郭尔所说，为了更伟大的存在，痛苦必将得到升华？对于叶芝诗中的爱、恨、嘲讽、力度、政治和深刻，我们都已经很熟悉了，但这首诗传递出的感觉如同一块被丢在海底的石头，空虚而隐秘。是不是有一天，或有几天，他坐下来，不由自主地写下这首诗，而这首诗的严谨精确只有《黑塔》一诗可以相媲美，那首诗的效果甚至更为惊人。

可就算是在那首诗里，也对山间的老骨头怀有怜悯之情，而在这首诗中，圣母只是个无名之辈，不能说话。从这首诗中可以看到一个经久流传的古希腊神话：女神菲洛梅尔被一位国王强暴后又被割掉了舌头。1930 年左右写的一首诗竟然能够映射现今这个残酷的世界，真是太了不起了。在现今的社会中，强奸并令女性怀孕被视作战争的工作，以延续胜利者的香火。

YEATS POEM

"The Mother of God" is not my favourite poem by Yeats, but is one that intrigues me, both for its rigour and its strangeness. It is remorseless in its delineation of woman, no pale brows, no dream-dimmed hair, just a featureless mother, ignorant of her destiny. She would have preferred the chimney corner, or the washhouse in the company of gossiping women, but is helpless to refute the Divine calling. Her annunciation is no glimmering star, instead a fleet of terrors, a flare is felt in her petrified ear, wings mysteriously beat about the room and as we learn, Heaven is planted in her womb. There is no ecstasy, no quire of angels, a birth as bloodied as any other. There is no consolation, no sensuous happiness and nothing of the tender, murmurous babble between mother and child. She is merely the instrument of her fate and summarily disposable.

Why did Yeats write it?

Was it in repudiation of a male God, or a meditation on Kierkegaard's teachings, by which suffering must be sublimated for the cause of the greater Being? We are familiar with Yeats's loves, hates, scorn, sonorities, politics and profundities, but this poem bears the famished hiddenness of a stone consigned to the bottom of the sea. Was it that one day, or days, he sat down and was impelled to write these fifteen lines with a severity that he would match again and to even more startling effect in The Black Tower. But even in that poem there are crumbs of pity for those old bones on a mountainside, whereas here, the mother has passed into anonymity and is mute. Hers is a perpetuation of the Greek myth of Philomel, who, having been raped by a King, has her tongue cut out. It is terrifying that a poem written around 1930 has such a deadly relevance to today's barbaric world, in which rape and insemination are seen as tools of war, to continue the bloodline of the victor.

Edna O'Brien

(in response to THE MOTHER OF GOD, WB Yeats, 1933)

上图译文见插页

休吉·奥多诺霍

Hughie O'Donoghue

《长足虻》/ 金刚砂 / 45 厘米 X 55 厘米

节选自《长足虻》

From 'Long-Legged Fly'

That civilisation may not sink,
Its great battle lost,
Quiet the dog, tether the pony
To a distant post.
Our master Caesar is in the tent
Where the maps ate spread,
His eyes fixed upon nothing,
A hand under his head.

Like a long-legged fly upon the stream
His mind moves upon silence.

(*Last Poems and Two Plays*, 1939)

为使大战不失败，
文明不沦丧，
请让狗安静，拴住马
在远处柱子上。
主公恺撒在营帐里，
地图摊开，
双眼茫然无睹，
一手托腮。

像溪水之上一只长足虻，
他心思游动在静寂上。

长足虻

为使大战不失败，
文明不沦丧，
请让狗安静，拴住马
在远处柱子上。
主公恺撒在营帐里，
地图摊开，
双眼茫然无睹，
一手托腮。

像溪水之上一只长足虻，
他心思游动在静寂上。

为使高塔遭焚毁，
人怀念那容颜，
若必须，请极轻走过
这寂寞的地面。
似妇人，更像孩儿，她以为
没人看；双脚
练习着街头学来的
流浪者的舞蹈。

像溪水之上一只长足虻，
她心思游动在静寂上。

为使怀春女初见
心目中亚当，
请关紧教皇圣堂门，
把孩子们阻挡。

那里，脚手架上仰躺着
米开朗琪罗。
他动静轻如鼠爪，
手来回动作。

像溪水之上一只长足虻
他心思游动在静寂上。

（《最后的诗和两个剧本》，1939 年）

《长足虻》这首诗让我感兴趣之处在于它讲述了一个艺术家的思维是怎样运转的，也描写了在创作过程中，静寂和专注有多重要。虻落在水上，引起了诗人的思绪，他想到了在营帐里的恺撒、特洛伊的海伦，最后想到了米开朗琪罗。米开朗琪罗的画笔轻轻移动，画出了一幅图画，而这幅画勾起了画家的回忆。最初吸引我注意的就是这样一个概念：一个非常简单的东西，比如水上的一只虻，便可以引起无数思绪，让具有创造性的心灵产生联想。

芭芭拉 · 蕾

Barbara Rae

《灰色暮光》/ 蚀刻画 / 45 厘米 X 55 厘米

到曙光里来

Into the Twilight

Out-worn heart, in a time out-worn,
Come clear of the nets of wrong and right;
Laugh heart again in the grey twilight,
Sigh, heart, again in the dew of the morn.

Your mother Eire is always young,
Dew ever shining and twilight grey;
Though hope fall from you and love decay,
Burning in fires of a slanderous tongue.

Come, heart, where hill is heaped upon hill:
For there the mystical brotherhood
Of sun and moon and hollow and wood
And river and stream work out their will;

And God stands winding His lonely horn,
And time and the world are ever in flight;
And love is less kind than the grey twilight,
And hope is less dear than the dew of the morn.

(*The Wind Among the Reeds*, 1899)

到曙光里来

破敝的心，在一个破敝的时代，
来呀，摆脱那是是非非的罗网；
大笑吧，心，又见灰白的曙光，
叹息吧，心，又见清晨的露滴。

你的母亲爱尔[*]，她永远也不老，
露滴永远闪亮，曙光总是灰白；
虽然希望离弃你，爱情又朽坏，
在一条毁谤之舌的烈焰中焚烧。

来吧，心，到这层峦叠嶂之地：
因为太阳和月亮，山谷和森林，
大川和小溪那神秘的兄弟之情
在这里通力实现着它们的意志；

上帝伫立着吹响他孤独的号角，
时光和世界永远在匆匆地飞逝；
爱情并不比灰白的曙光更和蔼，
希望并不比清晨的露滴更亲切。

（《苇间风》，1899 年）

*

爱尔：盖尔语，即爱尔兰。——译者注

我选择了叶芝的这首《到曙光里来》。在过去的十三年里，每到一月和二月，我都有幸到梅奥郡居住。

年初之际，太阳低低地挂在空中，可以看到古代建筑的遗迹，还可以看到人类在这片土地上不间断耕作的痕迹。

现如今，人类在土地、大海和海岸上留下了无数垃圾，需要上千年，这些垃圾才会消解。在灿烂的日光下，这些丢弃的垃圾如同丑陋的负担，强加给了爱尔兰这片古老不朽的土地。但黄昏时分如同有魔力的时刻，让人们暂时注意不到现实。在太阳落山和月亮升起的这段时间里，海洋经济产业的废物不再是平常的样子，而是蒙上了一层神秘的色彩。

奥伊弗·斯科特

Aoife Scott

《在你年老时》/ 蚀刻画 / 45 厘米 X 55 厘米

在你年老时

When You Are Old

When you are old and grey and full of sleep,
And nodding by the fire, take down this book,
And slowly read, and dream of the soft look
Your eyes had once, and of their shadows deep;

How many loved your moments of glad grace,
And loved your beauty with love false or true,
But one man loved the pilgrim soul in you,
And loved the sorrows of your changing face;

And bending down beside the glowing bars,
Murmur, a little sadly, how Love fled
And paced upon the mountains overhead
And hid his face amid a crowd of stars.

(*The Rose*, 1893)

在你年老时[*]

在你年迈，头白，且睡意沉沉，
挨着火炉打盹时，取下这书，
慢慢诵读，梦忆从前你双眸
神色柔和，眼波中倒影深深；

众人爱你欢快迷人的时光，
爱你美貌出自假意或真情，
唯有一人爱你灵魂的至诚，
爱你渐衰的脸上缕缕忧伤；

然后弓身凑在熊熊炉火边，
喃喃，有些凄然，说爱神溜走，
到头顶之上群山之巅漫游，
把他的容颜藏在繁星中间。

（《玫瑰》，1893 年）

*

此诗仿法国诗人彼埃尔·德·龙沙（1524—1585）的同名十四行诗。赠给茅德·冈。——译者注

在开始阅读叶芝的诗歌之际，我正好在都柏林一所废弃了的维多利亚时期的房屋中进行探索。《在你年老时》这首诗让我想到了那栋建筑里的一个房间，大理石壁炉已经破败，壁纸都已剥落。我想到一个老太孤独地坐在这个冰冷空荡的房间里，回想往事和种种没有实现的心愿。这个房间的衰败描述出了诗中那个身体孱弱的老妇，她和那个房间一样，曾经明亮美丽，有很多人喜爱。

重读这首诗的时候，我意识到，叶芝写的是他昔日的恋人茅德·冈。他觉得她在回想往事时一定会后悔当初没有嫁给他。在诗中，叶芝想象她坐在炉火边，老迈年高，身体虚弱，直打盹儿，看着他曾为她写的诗集，为曾经做出的选择后悔不已。

文森特·谢里登

Vincent Sheridan

《黄昏》/ 蚀刻画 / 45 厘米 X 55 厘米

湖岛因尼斯弗里

The Lake Isle of Innisfree

I will arise and go now, and go to Innisfree,
And a small cabin build there, of clay and wattles made:
Nine bean-rows will I have there, a hive for the honeybee,
And live alone in the bee-loud glade.

And I shall have some peace there, for peace comes dropping slow,
Dropping from the veils of the morning to where the cricket sings;
There midnight's all a glimmer, and noon a purple glow,
And evening full of the linnet's wings.

I will arise and go now, for always night and day
I hear lake water lapping with low sounds by the shore;
While I stand on the roadway, or on the pavements grey,
I hear it in the deep heart's core.

(*The Rose*, 1893)

湖岛因尼斯弗里

我要起身前去，前去因尼斯弗里，
用树枝和着泥土，在那里筑起小屋：
我要种九垄菜豆，养一箱蜜蜂在那里，
在蜂鸣的林间空地独居。

我将享有些平和，平和缓缓滴落，
从清晨的面纱滴落到蟋蟀鸣唱的地方；
那里夜半幽幽，正午紫光灼灼，
黄昏织满了红雀的翅膀。

我要起身前去，因为每夜每日
我总是听见湖水轻舐湖岸的低音；
站在马路上，或站在灰色人行道上时，
我都在心底听见那声音。

（《玫瑰》，1893 年）

“黄昏织满了红雀的翅膀。”

爱尔兰文学中经常出现对“时间感和空间感”怀有渴望与悲伤的主题，这一句正好体现了这一主题。对叶芝而言，时间和空间的概念（真实的或想象的）开启了根植在神话和回忆中的想象力之泉。诗人渴望一种家的感觉，但他身处伦敦，环境浑浑噩噩，他的渴望得不到满足。谢默斯·希尼在作品中谈到散居海外的爱尔兰人时，惟妙惟肖地描述了伦敦的环境。希尼绘声绘色地刻画了“一次住在两个地方和在一个地方住两次”这样一个困境。

自从我以乡村风景和自然环境为主要艺术创作对象以来，人们对我的作品给出的回应都离不开“时间感和空间感”“神话”“回忆”这些词，这让我十分惊讶，也给了我极大的鼓励。

阿梅莉亚·斯泰因

Amelia Stein

《每日祷告》/ 绝缘涂料印花 / 38 厘米 X 38 厘米

都尼的提琴手

The Fiddler of Dooney

When I play on my fiddle in Dooney,
Folk dance like a wave of the sea;
My cousin is priest in Kilvarnet,
My brother in Moharabuiee.

I passed my brother and cousin:
They read in their books of prayer;
I read in my book of songs
I bought at the Sligo fair.

When we come at the end of time
To Peter sitting in state,
He will smile on the three old spirits,
But call me first through the gate;

For the good are always the merry,
Save by an evil chance,
And the merry love the fiddle,
And the merry love to dance:

And when the folk there spy me,
They will all come up to me,
With 'Here is the fiddler of Dooney!'
And dance like a wave of the sea.

(*The Wind Among the Reeds*, 1899)

都尼的提琴手

在都尼我把琴弦一拉响，
乡亲们起舞像海浪；
表兄在基尔瓦内当神父，
在莫卡拉比是兄长。

我顺路去拜访两位老兄：
他们都念诵祈祷书；
我从斯莱戈集市上买来
我的歌本儿用心读。

在寿命终结时我们来到
圣彼得庄严的座前，
他会对三个老鬼微微笑，
却叫我头一个过关；

因为好人们总是快活的，
要不是碰上坏运道，
快活的人们爱听提琴声，
快活的人们爱舞蹈：

那里的人们一旦看见我，
他们都会到我身旁，
欢呼“都尼的提琴手来啦！”
就一同起舞像海浪。

（《苇间风》，1899 年）

我小时候常常背诵《都尼的提琴手》这首诗。“背诵”这个词或许有些夸张了，毕竟我背的时候总是磕磕巴巴。我不知道基尔瓦内或莫卡拉比在什么地方，这两个地名听来很有异域风味。但在小小的我看来，祈祷书拿起来都很沉重。现在我家有一大堆这种祈祷书。多年以来，我的祈祷书日渐增多，有的是从我父母家拿来的，有的是我叔叔阿姨的，还有的来自我的祖父母。书的扉页布满折痕，上面的题字和献词已经褪色，封面在岁月的洗礼下变得破旧不堪。这些书就摆在书架上，上面压着很多音乐光盘，而听这些音乐能叫我精神振奋。音乐一直是我的兴奋剂。用我的心灵之眼，我能看到提琴手在舞动中所具有的闪闪能量。

唐纳德·特斯基

Donald Teskey

《两极间》/ 金刚砂 / 28 厘米 X 30 厘米

节选自《布尔本山下》

From 'Under Ben Bulben'

II

Many times man lives and dies
Between his two eternities,
That of race and that of soul,
And ancient Ireland knew it all.
Whether man die in his bed
Or the rifle knocks him dead,
A brief parting from those dear
Is the worst man has to fear.

Though grave-diggers' toil is long,
Sharp their spades, their muscles strong,
They but thrust their buried men
Back in the human mind again.

(*Last Poems and Two Plays*, 1939)

许多回人死而复生，
在他的种族和灵魂
这两个永恒间轮回；
古老的爱尔兰悉知。
无论是寿终于床榻，
还是遭横暴死枪下，
人最为惧怕的却是
与亲爱者短暂别离。

铁锹锋利，肌肉强健，
尽管掘墓人苦作不断，
他们不过将下葬之人
重新抛回人类心灵中。

2015年7月15日，星期三，14点02分。从奥格里斯岬的海滨酒吧看到的布尔本山和诺克纳利亚山。我一边喝海鲜浓汤，一边安静地思考转世轮回的可能性。

科尔姆·托宾

Colm Tóibín

《叶芝 2015》/ 手铸字，18 分卡斯龙古体字和凸版印刷 / 55 厘米 X 45 厘米

轮

The Wheel

Through winter-time we call on spring,
And through the spring on summer call,
And when abounding hedges ring
Declare that winter's best of all;
And after that there's nothing good
Because the spring-time has not come
Nor know that what disturbs our blood
Is but its longing for the tomb.

(*The Poems and Two Plays*, 1939)

轮

在整个冬季里我们盼春季，
在整个春天里又盼望夏天，
当繁茂的树篱摇响风铃时
又宣称其中最好的是冬天；
那以后不再有什么好季节，
只因为春之季还没有来临——
却不知那搅扰我们血气者
不过是血气对墓地的憧憬。

（《最后的诗和两个剧本》，1939 年）

叶芝 2015

（科尔姆·托宾回应《轮》）

这样一首短诗，会令人觉得这首诗是那么普通平常，甚至有些陈腐老旧。现在突然重读这首诗，不禁觉得它有焕然一新之势，值得为之寻找旋律。韵律和节奏起了作用，将生命和清新的感觉吹进思绪之中，到最后，思想和诗句几乎成了同一种东西。这首诗使得最初的心中所想变得完整和惟妙惟肖。

这首诗刻画的对象很普通，人人都会有，也就是人类习惯期盼的一样东西，比如说，习惯于在冬天盼望春天的到来，对全新的季节和下一个季节充满渴望。这首诗的基调，以及铿锵有声的抑扬顿挫，使其读来如同一首歌谣，像是一连串让我们这些读者轻易就会赞同的话。

在最后一句，这首诗来了一个一百八十度大转弯。一个令人吃惊的新想法——我们渴望未来，是因为我们与生俱来对死亡的渴望——这个新想法看似自然、真实且不容置喙，因为这个新想法与这首诗的节奏、基调和韵律十分契合。这个世界中关于我们命运的新概念由此变得明显起来，仿佛这首诗让一个房间有了片刻的黑暗，好让我们清晰地看到一部在墙壁上播放的并不清晰的影片。

YEATS 2015

A short poem like this comes when a thought arrives that might have seemed ordinary and common, even stale and old, and now has suddenly re-appeared, arrived into the mind as new and worth finding rhythms for. The rhythms and the rhymes then do the work, breathe life and fresh feeling into the thought, come to embody it until the thought and the words are almost the same thing. The poem makes what happened in the mind at the beginning seem complete and vivid.

The poem charts something that is communal and commonplace, the human habit of looking forward to things, to wishing, for example, in winter that spring would come, and the longing for a new season or the next season. The tone of the poem, its clanging iambic sound, make it seem like a ballad, like a set of statements to which we will all, as readers, easily assent.

And then in the very last line the poem turns. A startling new thought — that we long for the future because of our innate longing for death itself, for our own extinction — seems natural and true and hard to argue with because of the rhythm, the tone and the rhyme scheme into which this thought fits. Something new about our fate in the world is thus made visible, as though the poem had darkened a room for a moment so we could see clearly the movie that had all along been faintly flickering on a wall.

Colm Toibin

(in response to THE WHEEL, WB Yeats, 1928)

上图译文见插页

李昶

Lisa Chang Lee

《那些难以尽述的岛屿》/ 丝网，金色手绘，剪纸 / 55 厘米 X 45 厘米 / 8 张拼接

白鸟

The White Birds

I would that we were, my beloved, white birds
on the foam of the sea!
We tire of the flame of the meteor,
before it can fade and flee;
And the flame of the blue star of twilight,
hung low on the rim of the sky,
Has awakened in our hearts, my beloved, a
sadness that may not die.

A weariness comes from those dreamers,
dew-dabbled, the lily and rose;
Ah, dream not of them, my beloved,
the flame of the meteor that goes,
Or the flame of the blue star that lingers hung
low in the fall of the dew:
For I would we were changed to white birds
on the wandering foam: I and you!

I am haunted by numberless islands,
and many a Danaan shore,
Where Time would surely forget us,
and Sorrow come near us no more;
Soon far from the rose and the lily,
and fret of the flames would we be,
Were we only white birds,my beloved,
buoyed out on the foam of the sea!

白鸟 *

我情愿我们是，亲爱的，浪花之上一双白鸟！
流星暗淡陨逝之前，我们已厌倦了那闪耀；
低悬在天空边缘，暮色里那颗蓝星的幽光
唤醒了我们心中，亲爱的，一缕不死的忧伤。

倦意来自那些露湿的梦想者：玫瑰和百合；
啊，别梦，亲爱的，飞逝而去的流星的闪烁，
或那低悬在露滴中滞留不去的蓝星的光辉：
因为我情愿我们化作浪花上的白鸟：我和你！

我心头萦绕无数的岛屿，妲娜居住的海滨，
在那里，时光会遗忘我们，悲伤也不再来临；
很快我们会远离玫瑰、百合和星象的不祥，
只要我们是双白鸟，亲爱的，出没在浪花上！

*

叶芝解释说："仙境的鸟像雪一样白。'妲娜居住的海滨'当然是'青春永驻之邦'，或仙境。"（1892 年，《校刊本》第 799 页）妲娜：或妲奴，是古爱尔兰传说中的诸神之母。后来有学问的基督徒即用"妲娜之民"称呼爱尔兰早期居民。——译者注

当我第一次读到叶芝这首《白鸟》，脑中便浮现出一片浩瀚无边的大海，那是在清晨即将到来的几个小时前，四五点钟光景。夜的蓝笼罩着海的蓝，雄浑壮阔的波涛摇曳，海的呼啸沉沉地隐却在背景里，夹杂着诗文的音律。水在我的作品中占据举足轻重的位置，常常以一种隐喻的形式象征着时间流动的各种状态。在字里行间我似化作白鸟，宁愿远离海岸，飞向更深远的未知。那些在画面中时隐时现的金色岛屿，就是诗人笔下的妲娜仙境，也是我回忆与梦的交织。

后记

不朽的爱尔兰诗魂 傅浩 Fu Hao

踏上爱尔兰绿色的国土，几乎处处都能感觉到一个诗魂的存在。在那里，叶芝这个名字家喻户晓，几乎人人都能背诵这位诗人的作品。西部的斯莱戈郡被命名为“叶芝之乡”。古风犹存的郡府所在地斯莱戈郡中心矗立着一尊青年叶芝的全身铜塑立像，立像上铸满他的诗句，被风鼓起的衣襟仿佛梦想的翅膀。不远处一幢古旧的红砖建筑是叶芝纪念楼，内设叶芝博物馆，里面有不少有关叶芝的文献和实物资料，包括他的诺贝尔奖证书和金质奖章。镇东有风景幽美绝伦的吉尔湖，湖中有叶芝向往的人间仙境——因尼斯弗里岛。湖水流经镇中泻入斯莱戈海湾，那里有另一处仙境罗西斯岬角。镇北数英里处有一座被参天大树荫蔽的孤独的教堂，旁边是古老的石雕十字架，对面是诺曼征服时期的圆塔，近临来自格伦卡瀑布的湍急溪流，远望势如奔马又似横剑的布尔本山。这里是叶芝的曾祖父曾住持的脊崖教堂，大门右侧的墓园就是诗人叶芝的长眠处。每年都有大量世界各地的文学爱好者来这里朝圣。

一

威廉·巴特勒·叶芝（William Butler Yeats，1865—1939），爱尔兰诗人、剧作家、散文家。他少年时兴趣广泛：曾在都柏林艺术专科学校学过绘画；很早就显露出诗歌创作的天赋；醉心于东方神秘主义，组织和参加过秘术研究社团；关心民族自治运动，一度加入爱尔兰共和兄弟会。1896年至1904年与剧作家格雷戈里夫人、约翰·辛格等共同筹建爱尔兰民族剧院，发起了爱尔兰文学复兴运动。1922年爱尔兰自由邦成立，叶芝当选为参议员。叶芝一生创作不辍，其诗吸收浪漫主义、唯美主义、神秘主义、象征主义和玄学诗的精华，几经变革，最终熔炼出独特的风格。他的剧作多以爱尔兰民间传说为题材，吸收日本古典能乐剧的表演方式，开创了现代西方戏剧中东方主义和原始主义风气。1923 年，“以其高度艺术化且洋溢着灵感的诗作表达了整个民族的灵魂”，叶芝被瑞典文学院授予诺贝尔文学奖。他的代表作品有诗集《苇间风》（1899）、《碉楼》（1928）、《旋梯及其他》（1933），剧作《霍拉汉的凯瑟琳》（1902）、《库丘林之死》（1938），哲学散文《异象》（1925；1937），短篇小说集《隐秘的玫瑰》（1894）等。

叶芝诞生于爱尔兰首府都柏林，是一位画家的长子。虽然他的家庭传统上说英语，奉新教，祖先是英国移民，他本人所受的也是正规的英国教育，但他自小就有很强的民族意识。这也许与他在伦敦上小学时受英国同学歧视和欺负的经历不无关系。作为英裔爱尔兰人，他对宗主国英国的感情是爱恨参半的：他恨英国人在政治上对爱尔兰的殖民统治和压迫，同时又爱使他得以直接研读莎士比亚等大师，并且使他自己的作品得以更广泛流传的英语。正是处于这样一种尴尬地位，他才在从事文学创作伊始就感到确定身份的迫切需要。

作为使用英语的创作者，叶芝面临的首要问题是题材。这与 19 世纪中叶以来研究、翻译盖尔语文学的学者和翻译家们所面临的问题不尽相同。他既要背离英国文学的传统，退回到爱尔兰的本土风景中去寻找灵感，又必须把所获素材纳入英语的包装。1886 年，叶芝结识了芬尼亚运动领导人、爱国志士约翰·欧李尔瑞。在他的影响下，叶芝开始接触爱尔兰本土诗人具有民族意识的作品，他自己的创作也开始从古希腊和印度题材转向爱尔兰民俗与神话题材。1889 年出版的第一本诗集《乌辛漫游记及其他》就反映了叶芝早期创作方向的转变和确定。

同年，叶芝结识了狂热的民族主义者茅德·冈。由于受她美貌的吸引，年轻的叶芝多少有些身不由己地进一步卷入了争取爱尔兰民族自治的政治运动旋涡之中，就好像他笔下的诗人乌辛被仙女尼娅芙诱引到了魔岛上一样。但他毕竟不是政客，而是诗人。他不可能采取任何激烈的实际行动，只能尽诗人的本分：

知道吧，我愿被视为

一个群体的真兄弟，

为减轻爱尔兰的创痛，

把谣曲和民歌唱诵；

而不愿比他们差毫分，

……

《致未来的爱尔兰》

叶芝的第二本诗集《女伯爵凯瑟琳及各种传说和抒情诗》（1892）继续且更集中地以爱尔兰为题材，以象征的手法表现诗人的民族感情，爱尔兰被“想象成与人类一同受难”的“玫瑰”。他幻想通过创造一种建立在凯尔特文化传统之上的英语文学来达到统一两半——天主教徒和新教徒的——爱尔兰的目的。他相信，如果现代诗人把其故事置于自己的乡土背景中，他的诗就会像古代的诗一样更细密地渗入人们的思想中。早在1888年，叶芝就曾说过，伟大的诗人视一切都与民族生活相关联，并通过民族生活与宇宙和神圣生活相关联：诗人只能用戴着“他的民族手套”的手伸向宇宙。他还认为，没有民族就没有伟大的诗，犹如没有象征就没有宗教。在他眼里，爱尔兰贮存着比英格兰的历史更为悠久的“大记忆”，是一个充满了诗的象征的仓库。

世纪之交的爱尔兰虽民族情绪高涨，但社会形势复杂。在目睹了政客的背信弃义，党派的钩心斗角，以及不同宗教信仰的民众的互相仇恨和愚昧无知等现象后，叶芝意识到自己所崇尚的以18世纪爱尔兰社会为代表的新教贵族政治理想与现实的发展是背道而驰的，而茅德·冈等共和党人所热衷的暴力行动也令他反感，因此不久他便对政治产生了幻灭感，又回到了他的艺术王国：

凡事都能诱使我抛开这诗艺技巧：

有一回是一张女人的脸，或更糟——

我那傻瓜治理的国土貌似的需要。

《凡事都能诱使我》

1899年，诗集《苇间风》问世，获当年最佳诗集“学院”奖，确立了叶芝作为第一流爱尔兰诗人的地位。有评论者认为这部诗集标志着现代主义诗歌的开端，犹如一百年前华兹华斯和柯尔律治合著的《抒情歌谣集》标志着英国浪漫主义诗歌的开端一样。其实叶芝深受浪漫主义诗人布雷克、雪莱等人的影响，是主张“向后看”的：

我们是最后的浪漫主义者——曾选取
传统的圣洁和美好，诗人们
称之为人民之书中所写的
一切，最能祝福人类心灵
或提升一个诗韵的一切作为主题。

《库勒和巴利里》

在这首诗里，叶芝把格雷戈里夫人（也包括他自己）看作贵族文化传统的“最后的继承人”，她（他）们所居住的库勒庄园和巴利里碉楼成了古老文明的象征。在另一首诗《纪念罗伯特·格雷戈里少校》里，格雷戈里夫人的儿子罗伯特则被视为文艺复兴式“完人”的一个现代样板。在叶芝眼里，贵族是人类精华知识的保存者和传承者。与此相对的是保存和传播口头民间知识的乞丐、浪人、农夫、修道者，甚至疯人们。叶芝有许多诗作就是以这些人物为角色，或者干脆是他们所说、所唱的转述。这些构成了叶芝的智慧来源的两个极端。然而，在现代风云的冲击之下，这一切都在渐渐消亡。巴利里碉楼前的古桥在内战期间被毁；库勒庄园也在格雷戈里夫人逝世后被迫出卖，后来被夷平；罗伯特则在第一次世界大战中阵亡。社会和人们的生活方式都发生了剧变。叶芝不禁哀叹：

浪漫的爱尔兰已死亡消逝，
与欧李尔瑞一起在坟墓中。

《一九一三年九月》

但是，1916 年复活节的抗英起义震惊了对政治和现实失望的诗人。叶芝没想到从他平素看不起的城市平民中产生了他理想中古爱尔兰的库丘林式的悲剧英雄，他看到了一种崇高精神的爆发：

一切都变了，彻底变了：

一个可怕的美诞生了。

《一九一六年复活节》

感奋之余，他及时做出了一位诗人所能做的最好的反应："我们分内事／是低唤一个一个名姓／像母亲呼唤她的孩子／当睡意终于降临已经／跑野了的肢体之上时。"他还在《十六个死者》《玫瑰树》以及晚期的《欧拉希利族长》等诗篇中以他特有的语调讴歌了死难的起义者。

此后，他似乎又恢复了对现实世界冷眼旁观的态度，不辍地在变化中寻求永恒。然而他对社会现实的敏感不但没有减弱，反而更加深刻。中晚期的组诗《内战期间的沉思》和长诗《一九一九年》反映了他在内战的背景下对人类文明和心理的沉思。他更关心的是人类文明的创造，因而谴责任何形式的破坏。

总之，是"她的历史早已开始／在上帝创造天使的家族之前"的"这盲目苦难的土地"——爱尔兰——造就了叶芝和他的诗。他在去世前一年所作的《布尔本山下》一诗中，总结了毕生的信念，并告诫后来的同志：

爱尔兰诗人，把艺业学好，

要歌唱一切优美的创造；

……

要歌唱田间劳作的农民，

要歌唱四野奔波的乡绅，

要歌唱僧侣的虔诚清高，

要歌唱酒徒的放荡欢笑；

要歌唱快乐的侯伯命妇——

……

把你们的心思抛向往昔，

我们在未来岁月里可能

仍是不可征服的爱尔人。

二

叶芝是个自传性很强的诗人。他主张写自己主观的切身体验，而非对外界的客观观察。他在《拙作总序》（1937）一文中开宗明义地说："一个诗人总是写他的私生活，在他的最精致的作品中写生活的悲剧，无论那是什么，悔恨也好，失恋也好，或者仅仅是孤独；他从不直话直说，不像与人共进早餐时那样，而总是有一种幻觉效果。"这决定了他的诗是象征主义的，而非写实主义的。他认为，他的一生是一种生活实验，后来人有权利知道。抒情诗人的生活应当被人了解，这样他的诗就不至于被当作无根之花，而是被当作一个人的话语来理解。他的诗以大量的篇幅与坦诚的笔触记录了他个人的经验和情感，尤其是他对友谊和爱情的珍重。女性在他的生活和艺术中都占据了显要地位。在《朋友》一诗中，他写到了三位对他一生影响重大的女友："现在我必须赞扬这三位／三位曾经造就了／我生活中的欢乐的女士。"

其一是奥古斯塔·格雷戈里夫人（1852—1932）。叶芝认为她使他得以专注于文学。她不仅在精神上给他以理解和支持，而且在物质上为他提供理想的写作条件，照顾他的起居。他在她的库勒庄园度过了许多个夏天，"在凯尔纳诺在那古老的屋顶下找到／一个更严厉的良心和一个更友善的家"（《责任·跋诗》），在那里写出了《在那七片树林里》《库勒的野天鹅》《库勒庄园》等大量诗作。她还与他一起搜集民间传说，从事戏剧活动，在爱尔兰文学复兴运动中起到了骨干作用。她翻译的盖尔语神话传说被认为是上乘之作，为叶芝的诗作提供了不少素材。她的剧作也深受爱尔兰观众的欢迎。

其二是奥莉维娅·莎士比亚（1867—1938）。她是叶芝诗友莱奥内尔·约翰生的表妹，是一位小说家。1894 年当叶芝正陷于对茅德·冈的无望恋情的旋涡里无法自拔时，约翰生把奥莉维娅介绍给了他。她聪慧而善解人意，与叶芝相处得很融洽。他们曾考虑结婚，只因她丈夫不同意离婚而未果。他们同居了近一年，直到叶芝再遇茅德·冈时，奥莉维娅发现他对茅德·冈仍不能忘情，遂离开了他。“额白发浓双手安详／我有个美丽的朋友／遂梦想旧日的绝望／终将在爱情中结束／一天她窥入我心底／见那里有你的影像／她哭泣着从此离去”（《恋人伤悼失恋》）。但他们始终保持着友谊，叶芝与她通信比与任何男女朋友都更频繁。他在诗艺、政治、个人等各种问题上征求她的意见，而她的评论富有才智。叶芝在她去世后曾对人说：“四十多年来她一直是我在伦敦的生活中心，在所有那些时间里我们从未争吵过，偶尔有些伤心事，但从未有过分歧。”

其三即茅德·冈（1866—1953）。“颀长而高贵，胸房和面颊／却像苹果花一样色泽淡雅”（《箭》）。这是叶芝初见她时的印象。当时他们都二十三岁。他立即被她的美貌所征服，“我一生的烦恼开始了”。她是一个坚定不移的民族主义者，为了争取爱尔兰独立不惜代价、不择手段。叶芝追随她参加了一系列革命活动，一再向她求婚，并为她写下了大量诗篇。有评论者称这些作品是现代英语诗歌中最美丽的爱情诗。而她一直与他保持距离，在 1898 年向他透露了她与一位法国政客的同居关系后，他们的关系一度降温。但给叶芝以毁灭性打击的，是 1903 年茅德·冈与麦克布莱德结婚的消息。此后，加之剧院事务的烦扰，叶芝的心情很坏，诗风也随之大变。从诗集《在那七片树林里》（1904）到《责任》（1914），诗人逐渐抛弃了早期朦胧华美“缀满剪自古老神话的花边刺绣”的“外套”而“赤身走路”了（《一件外套》）。

后来，叶芝又多次向离了婚的茅德·冈求婚，都遭到了拒绝。不得回报的爱升华成了一篇篇感情复杂、思想深邃、风格高尚的诗作，它们贯穿于叶芝的第二本到最后一本诗集。在这些诗里，茅德·冈成了玫瑰、特洛伊的海伦、霍拉汉的凯瑟琳、帕拉斯·雅典娜、黛尔德等。有评论者认为，还不曾有过哪位诗人像叶芝这样把一个女人赞美到如此程度。叶芝意识到是茅德·冈对他的不理解成就了他的诗，否则“我本可把蹩脚文字抛却／心满意足地去过生活”（《文字》）。茅德·冈也曾对叶芝说，世人会因她没有嫁给他而感谢她的。

叶芝对爱情的看法一如他对宇宙的看法，是二元的。在早期的《阿娜殊雅与维迦亚》一诗中，他就表达了“一个男人为两个女人所爱”的主题。到了晚期的组诗《或许可谱曲的歌词》《三丛灌木》及其他几首诗，这种灵魂与肉体之爱一而二、二而一的信念被表现得更为淋漓尽致。他对茅德·冈的爱应该说是灵肉兼有的，很可能最初还是出于对其肉体美的爱悦，但青年人耽于理想的气质使他的爱在诗歌创作中向灵魂的境界升华：“用古老的崇高方式把你热爱”（《亚当所受的诅咒》）；“爱你灵魂的至诚”（《在你年老时》）。中年以后，他似乎在较平和的心境里超然把爱情抽象化，当作哲学观照的对象了。而到了晚年，他就好像是做够了梦的佛格斯，洞知了一切，肉体却衰朽了，于是爆发出对生命的强烈欲望：“可是啊，但愿我再度年轻／把她搂在我的怀抱。”（《政治》）

叶芝曾说，年轻的时候，他的缪斯是年老的，而变老的时候，他的缪斯却变年轻了。意思是说，年轻时他追求智慧，年老时却又羡慕青春。“肉体的衰老即智慧；年轻时／我们曾彼此相爱却愚昧无知。”智慧与青春的不可兼得，亦即灵与肉的对立斗争，成了叶芝“艺术与诗歌的至高主题”（《长久沉默之后》）之一。

三

有一回，一位学者问晚年的叶芝他的诗歌最大的特点是什么。叶芝不假思索地回答说：“智慧。”“哲学是个危险的主题。”叶芝还这样认为。但他的中晚期诗作越来越向哲学靠近。对于叶芝来说，诗的内容比形式价值更大。他认为诗若不表现高于它自身的东西便毫无价值可言，它首先至少应该是“人可以进入其中漫游而借以摆脱生活之烦扰的境地”。这或许可以解释为什么叶芝一生执着追求建立超乎诗歌之上的“信仰”体系，而不像一般现代派诗人那样热衷于诗艺技巧的实验。

1917 年，叶芝与乔吉·海德－李斯结婚。妻子为改善他当时的忧郁心境（婚前叶芝曾向茅德·冈之女伊秀尔特求婚而遭拒），在蜜月里投合他对神秘事物的爱好，尝试起扶乩活动。据她说，这是“为你的诗提供隐喻”。这果然引起了叶芝的兴趣。他运用所阅读的新柏拉图主义及东方神秘主义等哲学对妻子“自动书写”的那些下意识的玄秘“作品”的“散碎句子”加以整理、分析、诠释，终于在 1925 年完成了一部奇书——《异象》。这标志着叶芝信仰体系的完成。书的内容涉及用几何图形解释历史变化的历史循环说、用东方月相学解释人类个性的个性类型说以及灵魂转世说。通过想象和逻辑推理，来自各种文化的神秘象征被秩序化，形成了一个自圆其说的骨架。但该书因近乎荒诞不经又驳杂晦涩，遂赢得了“庞杂而古怪的伪哲学”或“粗劣而无价值的自制品”之讥。叶芝本人则希望该书能够被看作一部神话而非历史或玄学，称它是一个“集体无意识”，一个神话学的意象库。

诗集《库勒的野天鹅》（1919）就已显示了叶芝开始从日常生活主题转向哲理冥想主题。在随后的一本诗集《麦克尔·罗巴蒂斯与舞者》（1921）的前言中，叶芝解释说：“歌德说过，诗人需要哲学，但他必须使之保持在他的作品之外。”而叶芝自己却禁不住要把哲学糅进诗作中去。他也承认这本诗集中的某些作品很难懂。例如著名的《再度降临》一诗就利用历史循环说和基督教神秘主义等概念，预言自耶稣降生以来近两千年的基督教文明即将告一段落，世界正临近一场大破坏。因此，要读懂这些诗，必须对叶芝的信仰和哲学有所了解。

叶芝曾经说，没有宗教他就无法生存下去。然而在他父亲的影响下，达尔文及其他一些英国思想家的怀疑主义阻碍了他接受正统的基督教，为了反抗他们“对生命的机械简化”，他必须寻找新的精神支柱。大约在1884年，叶芝读到了一本英国人A. P. 辛内特撰写的《密宗佛教》一书，深受影响。稍后他在都柏林听了印度婆罗门摩希尼·莫罕·查特基对印度教教义的阐释，从此树立了他对轮回转世学说的终生信仰（《摩希尼·查特基》）。1887年至1891年在伦敦居住期间，他又参加了风靡一时的“异教运动”，钻研起东西方各种秘术，希冀通过实验寻求永恒世界的证明，与未知世界建立直接联系。他认为，来自科学或其他世俗知识的“灰色真理”与基督教的“上帝之道”都无法令人满意地解释人类灵魂的奥秘，所以他鄙弃了关于物的“客观真理”而追求关于人的“主观真理”：“并没有真理／除了在你自己的心里。”（《快乐的牧人之歌》）这显然是来自佛教和印度教的观念。他最早的诗作之一《印度人论上帝》更以生动的寓言形式表述了他对于主观真理的理解，是“叶芝最坚定的信念之一——真实在观者的眼中——的早期陈述”。

与此同时，叶芝还与人合编《威廉·布雷克诗全集》。布雷克的基督教神秘主义影响融入了他的异端思想，使他进一步发展和坚定了宇宙二元论信念：

然而，我们能够以肉体感官接触和看到的那一部分创造受着撒旦力量的影响，那魔鬼的名字之一是“暧昧”，而我们能够以精神感官触及和看到的另一部分创造——我们称之为“想象”——才是真正的“上帝之体”和唯一的真实。

他还相信，在各种玄秘法术中，有三条自古相传的基本教义：（1）人的精神可以通过相互交流而造就一个大精神；（2）人的记忆同样是流动的，且是造化的大记忆的一部分；（3）此大精神和大记忆可以用象征召至。后来，他把这些概念与新柏拉图主义哲学的“世界灵魂”相认同，将其视为“一个不再属于任何个人或鬼魂的形象仓库”。作为诗人，为“召至”或表达某种隐秘的东西，他不得不更注重作为象征的形象，“他照他那类人的方式，仅仅找到了／影像”（《月之盈亏》）。《异象》一书可以说就是叶芝象征主义体系的集成，也是理解叶芝中晚期诗歌创作的一把钥匙。它为他的玄学诗提供了丰富的主题和意象，使作品寓意深刻又免于抽象枯涩。同时他又在埃兹拉·庞德的建议下采用当代的“现实”素材和意象，从而使创作避免了走进概念化的死胡同的危险，在艺术上达到了他所说的“浪漫主义与现实主义性质的结合”。

诗集《碉楼》（1928）和《旋梯及其他》（1933）即以叶芝实际居住的巴利里古堡及其中盘旋而上的楼梯为象征，暗示历史运动的轨迹和灵魂轮回的历程。叶芝认为，人类文明一如个人，都是灵魂的体现，其中阴阳两极力量交互作用，运动形式犹如两个相对渗透的圆锥体的螺旋转动，往复循环，周而复始。这种思想和象征在稍前的《再度降临》和稍后的《螺旋》等许多诗作中都有所表现。而《勒达与天鹅》这首具有“可怕的美”的十四行诗则用细致、感性的描写再现神话传说的场景，暗示阳与阴、力与美的冲突和结合，把基督纪元前古希腊文明的衰亡归因于性爱和战争这两种人类本能。叶芝这一时期所关心的根本问题还是灵魂如何超脱生死，得以不朽。他对赫拉克利特所谓的“此生彼死，此死彼生”的相对主义观点重新加以解释，同时沿用柏拉图的“精灵”说，认为灵魂不灭，它可以不断转世再生，逐渐达到完善境界，即成为介乎神人之间的一种存在——“精灵”，而后不朽。他还认为，人死后，灵魂可借艺术的力量通过“世界灵魂”互相沟通。《航往拜占庭》一诗即表达了诗人希冀借助于艺术而达到不朽的愿望。姊妹篇《拜占庭》则表现了灵魂脱离轮回走向永恒之前被艺术净化的过程。

四

叶芝年轻时曾自称有三大兴趣：其一在于民族主义，其二在于诗歌，其三在于哲学。这些兴趣在他一生中从未减退，反而互相渗透、融合，最终被“锤炼统一”，形成体系。象征的系统性是叶芝诗歌创作的一大特点。而他的全部诗作就是他追求自我完善的一生的象征。

叶芝最初是通过研读传统英诗（斯宾塞、布雷克、雪莱等）和从事神秘主义活动而自发地发展出自己的象征主义的。但他也在批评家阿瑟·赛蒙斯的影响下接受了注重作品本身的法国象征主义的基本理论。在艺术实践中，他不断提出问题，对那些理论重新加以解释，批判地吸收过来，以改进自己的诗艺。他把诗视为一种由意象、节奏和声音构成的复杂的“音乐关系”；这些成分按一定方式结合，产生情感经验的象征，而这种象征非单纯用文字所能表现。他认为，正是建筑在主题之上的象征赋予诗歌以最终的形式。因此，艺术作品即各种构成因素的形式排列，而引起欣赏者个人感受的是排列的“顺序”。这种顺序并不提供任何意义，却又具有欣赏者根据自己的感受赋予它的一切可能的“意义”：这就是“象征”。假如人们承认他们是为诗的象征所感动的话，那就不再可能否认形式的重要性。为了追求更大的形式，叶芝在不同的诗里反复使用某些主导意象，这样就在诗与诗之间创造了某种联系；在每一本诗集里，诗作的顺序不是按写作时间先后排列，而是按主题的相互关联重新组合。这样，借用叶芝所相信的秘法教义作类比，诗篇与诗篇的象征融汇交流，从而造就一个大象征。因此，尽管叶芝多短小篇什，却有评论者称他的作品具有“史诗的性质”。

然而，叶芝所注重的形式与先锋派所追求的形式不同。他几乎从不做技巧上的实验创新，不用自由体写诗（可能只尝试过一次，即《美丽高尚的人物》一诗），而是“强迫自己接受那些与英语语言同时发展起来的传统格律”。这是为了避免个人化，而只有非个人的东西才会不朽。“我必须选择一种传统的诗节，甚至我所做的改动也必须看起来像是传统诗节。……我是一群人，我是一个孤独的人，我什么也不是。” 这就是叶芝，一个在传统与现代、个人与群体之间来回奔跑的诗人。诚如一位评论者所说，他“在现代作家中最具现代感，而无须是现代主义者”。

埃兹拉·庞德初遇叶芝时称他是唯一值得认真研究的当代诗人，视他为前期象征主义和后期象征主义之间的桥梁。托马斯·斯特恩斯·艾略特则称他是“20 世纪最伟大的英语诗人”。如果说 1923 年的诺贝尔文学奖含有偶然或非文学的因素的话，那么这两位同时代的大师的评语是否会少点儿恭维和溢美呢?

不管怎样，叶芝一生做了他想做的事情，“我丝毫不曾动摇／而使某种东西达到了完美”（《然后怎样》），以至在临终时能够对自己的灵魂骄傲地喊出：“冷眼一瞥／看生，看死／骑者，驰过！”遵照诗人在《布尔本山下》一诗中的遗嘱，他的遗体于 1948 年从法国运回爱尔兰，归葬于给他的童年以欢乐、给他的诗歌以灵感的故乡斯莱戈，这似乎是他完满的人生之旅的象征，而他的灵魂仍驾着飞马珀伽索斯，超越生死，驰向永恒。

诺曼·阿克罗伊德　Norman Ackroyd

诺曼·阿克罗伊德（英帝国二等勋位爵士，伦敦皇家艺术学院成员）是英国最优秀的风景画家之一。他于 1938 年生于利兹市，1961 年到 1964 年在伦敦皇家艺术学院求学。1988 年，他当选英国皇家艺术学院成员；2000 年，成为伦敦皇家艺术学院的高级研究员。2007 年，他因雕刻和版画方面的成就而成为二等勋位爵士。芝加哥艺术学院、伦敦泰特美术馆、温莎城堡皇家收藏馆、大英博物馆，以及美国华盛顿特区美国国家艺术馆等机构都收藏了他的作品。

秋野畅子　Yako Akino

秋野畅子生于日本京都。她跟随自己的祖母——日本知名画家秋野不矩学习绘画（秋野不矩主要钻研日本传统绘画）。1996 年，秋野畅子来到爱尔兰，并加入了都柏林图形工作室。在 2007 年爱尔兰皇家学会年展中，她获得了“奥沙利文图文奖”，作品荣获“最佳版画”称号。转年，图形工作室在爱尔兰国家美术馆举办《启示》群展，她的版画《爱》被选为代表作。秋野畅子在爱尔兰、瑞典和日本多次开办个展。

约翰·班维尔　John Banville

约翰·班维尔来自爱尔兰韦克斯福德，是小说家、剧作家和电影编剧。班维尔最早是一名记者，在《爱尔兰新闻报》做助理编辑；1988 年到 1999 年，他在《爱尔兰时报》做文学编辑。1970 年，他出版了处女作《人魔龙狼金》，该书包含多篇短篇故事和一部中篇小说。从 2006 年初，班维尔开始以笔名本杰明·布莱克创作犯罪小说。此后，班维尔得到了广泛认可，先后获得过布克奖（2005）、弗兰茨·卡夫卡奖（2011）、爱尔兰笔会奖（2012）、奥地利欧洲文学国家奖（2013）和阿斯图里亚斯王子奖（2014）。

琼·巴登　Jean Bardon

琼·巴登曾求学于邓莱里文艺理工学院，并于 1990 年成为都柏林图形工作室成员，专攻蚀刻画。爱尔兰公共作品办公室、爱尔兰和瑞典艺术委员会、爱尔兰国家美术馆和切斯特·比蒂图书馆等机构都收藏了她的作品。2009 年，行为与态度有限公司委托她创作三幅蚀刻画，供该公司收藏。她的作品经常被送去参加皇家海柏尼恩学院年展，在 2012 年年展中，她获得大奖；2014 年，她成了受邀参展画家。2009 年，她在爱尔兰水彩画协会年展中获得大奖。

约翰·贝汉 John Behan

约翰·贝汉是一位爱尔兰雕刻家，来自都柏林。他曾做过金属加工和焊接的学徒。他在20世纪60年代为自己的成功奠定了基础，当时，他在伦敦和奥斯陆受训，并开始在多地举行展览。1962年，他成为新艺术家组织的创始成员。1967年，他参加了都柏林创新活动艺术中心项目。贝汉得到过很多荣誉。1990年，他成为爱尔兰皇家学会成员。他还是文学艺术院成员。2000年6月，戈尔韦爱尔兰国立大学授予他荣誉博士学位，同一天，他受托创作的大型雕塑《双塔》在该学府揭幕。他的主要公开作品包括：《飞鸟》《饥饿的船》《自由树》《代达罗斯》《千禧年的孩子》等。《抵达与平等的新兴》雕塑于2001年11月在戈尔韦市揭幕。

依婉·伯兰 Eavan Boland

依婉·伯兰是一位爱尔兰诗人，1944年生于都柏林，曾在都柏林圣三一学院、都柏林大学和美国缅因州不伦瑞克鲍登学院任教，目前是斯坦福大学英文终身教授和创意写作项目主任。伯兰的作品曾入围前进奖和托马斯·斯特恩斯·艾略特奖（1994）的最终候选人名单，她获得了雷南诗歌奖（1994），并因创作的纪实文学而获得了笔会奖（2012）。

迈克尔·坎宁 Michael Canning

迈克尔·坎宁于1971年生于利默里克郡，并在利默里克艺术设计学院求学，后前往希腊雅典，在美术学院学习。1999年，都柏林国家艺术设计学院授予他美术硕士学位。他目前在利默里克艺术设计学院美术系讲学。坎宁的作品曾在英国、爱尔兰和欧洲多地展览。迈克尔·坎宁多次得奖，包括爱尔兰艺术委员会大奖（1996）、皇家艺术学院轩尼诗·克雷格奖（2003）、爱尔兰皇家学会奥雷尔画廊奖（2007）。

戴安娜·科波白 Diana Copperwhite

戴安娜·科波白在都柏林工作和生活。2012年，她成为美国康涅狄格州约瑟夫·阿尔伯斯基金会的驻场画家。2007年，科波白获颁爱尔兰联合银行艺术奖，她曾入围巴塞罗那都市文化中心嘉什·柯兰迪基金会绘画奖（2008）。科波白经常在爱尔兰、欧洲和纽约举行展览，最近她的作品在纽约的532托马斯·积克画廊和都柏林的凯文·卡瓦纳画廊展出。她的作品被公共机构（包括爱尔兰现代艺术博物馆、爱尔兰艺术委员会、公共作品办公室和荷兰红十字会等）和私人收藏。

迈克尔·卡伦　Michael Cullen

迈克尔·卡伦，爱尔兰皇家学会成员、文学艺术院成员，1946 年生于威克洛郡，曾在都柏林国家艺术设计学院学习绘画，并在伦敦中央艺术设计学院学习人体素描。自 20 世纪 70 年代以来，他已多次举办个人展览，海内外多个享有盛名的爱尔兰当代艺术主题群展都曾展出过他的作品。他曾多次获奖，包括爱尔兰艺术委员会奖学金（1977、1982、1984）、独立艺术家主要绘画奖（1984）、阿诺特国家肖像画奖（1989）、爱丽丝·哈默施拉格奖（1995）和爱尔兰皇家学会德维尔奖（2005）。他的作品被很多公共机构（包括都柏林休巷美术馆、爱尔兰现代艺术博物馆、斯洛文尼亚卡姆耐克现代艺术博物馆、爱尔兰国家美术馆、阿尔斯特博物馆、都柏林圣三一学院，以及柏林参议院等）和私人收藏。

尼亚姆·弗拉纳根　Niamh Flanagan

尼亚姆·弗拉纳根，2002 年毕业于都柏林国家艺术设计学院，并获得美术版画专业一级荣誉学位。在第一次成功举办个人展览后，她受邀参加了各种展览，包括巴黎爱尔兰文化中心“东岛”展（2009）、都柏林切斯特·比蒂图书馆“艺术家的证明”展（2009）。2013 年，她和画家克莱尔·亨德森共同开启了移动版画项目，这一项目旨在通过在爱尔兰发展教育来推动版画发展。她曾在奥斯陆、波兰、斯洛文尼亚、科克郡、多尼戈尔和都柏林居住并举办展览。她曾多次获奖，包括艺术委员会师友计划奖、旅行和培训奖，以及爱尔兰文化署颁发的奖项。驻场工作包括：凯里郡巴林斯凯利格斯的基尔·里亚利亚哥项目、斯洛文尼亚伦达瓦的林达亚特国际艺术家中心项目、波兰戈尔利的“交界”项目，以及苏格兰爱丁堡的“爱丁堡版画家”项目。

保罗·加夫尼　Paul Gaffney

保罗·加夫尼目前正在贝尔法斯特的阿尔斯特大学攻读摄影专业实践型博士学位。他私人出版的摄影集《我们走出来的路》在德国卡塞尔第六届国际摄影集节上被提名 2013 年摄影集奖，并且入围欧洲出版商摄影奖（2013）。这本影集入选了多个“2013 年最佳摄影集”排行榜，包括《摄影之眼》和《英国摄影杂志》的排行榜。系列摄影作品《我们走出来的路》在爱尔兰和多个国家展出，包括伦敦的花朵画廊、加的夫的摄影画廊、都柏林的爱尔兰摄影节（2013），以及美国、英国、南美、意大利和中国的画廊。加夫尼的限量版手工艺术书《流浪》就是在贝尔法斯特接触摄影馆实验展中发展而来的，于 2016 年 7 月在奥利弗·西尔斯画廊展出。《近地点》囊括了一系列在阿德雷丝森林拍摄的月下风景照，于 2016 年 3 月至 5 月在卢森堡的国家视听中心进行展出。

马丁·盖尔　Martin Gale

马丁·盖尔曾在都柏林国家艺术设计学院求学，1980 年，他代表爱尔兰参加了“十一巴黎双年展”。1982 年，他当选为文学艺术院成员。1996 年，他成为爱尔兰皇家学会正式成员。2004 年至 2005 年，爱尔兰皇家学会和阿尔斯特博物馆为他举行了大型回顾展。2013 年，梅努斯爱尔兰国立大学授予盖尔美术专业荣誉博士学位。很多公共机构收藏了他的作品，包括州艺术收藏中心、爱尔兰现代艺术博物馆、爱尔兰联合银行和爱尔兰银行等。

理查德·戈尔曼　Richard Gorman

理查德·戈尔曼被称为爱尔兰最重要的抽象派画家之一。自 20 世纪 80 年代中期以来，他的作品曾在多地展出，包括都柏林、伦敦、米兰和东京等。在日本度过的时光对他的艺术生涯产生了很大影响，他也因此在几家博物馆成功举办了个人展。近来，戈尔曼与爱马仕合作了几个项目。作为文学艺术院和爱尔兰皇家学会成员，他多次获奖，包括 1986 年国际绘画节“金调色板”奖。他的作品被很多机构收藏，包括爱尔兰现代艺术博物馆、都柏林市政办公室、纽约公共图书馆，以及阿尔斯特博物馆等。克林画廊推选他为代表画家。

利奥·希金斯　Leo Higgins

利奥·希金斯是一位爱尔兰雕刻家，1951 年出生于都柏林。他是爱尔兰雕刻家协会（现更名为爱尔兰视觉艺术家协会）的创办会员。他还担任都柏林国家艺术设计学院的兼职讲师，以及都柏林铸造青铜协会主任。希金斯在 1984 年和 1985 年蝉联爱尔兰自由邦议会雕塑奖，在爱尔兰各地举行过个展和群展，包括爱尔兰皇家学会展、都柏林背景雕塑展。他进行的大型公共项目包括：为都柏林新刑事法庭创作的雕塑《正义》，为联合国教科文组织都柏林市文学图书馆花园创作的雕塑《大河奔流》。爱尔兰联合银行、爱尔兰银行、爱尔兰人寿银行、梅莫雷克斯计算机公司、特许会计师协会、里安达航空公司、都柏林机场、德尼斯科等机构均有收藏他的作品。

斯蒂芬·劳勒　Stephen Lawlor

斯蒂芬·劳勒 1958 年生于都柏林，是一位美术版画师和画家。他在爱尔兰邓莱里文艺理工学院讲学，主讲版画创作和绘画（1991—1997），并在 2000 年至 2005 年担任都柏林图形工作室主席。他参加了在中国灵石县举办的第一届国际版画双年展（2012）和在葡萄牙举办的第七届杜罗河国际双年展（2014）。他的版画和绘画作品被很多机构收藏，包括爱尔兰国家美术馆、德勤会计师事务所、花旗银行、都柏林大学、爱尔兰联合银行、巴特勒美术馆、切斯特·比蒂图书馆等。他曾获得美国新墨西哥州阿尔伯克基“新土地”国际版画活动（2013）的一等奖，并在西班牙卡达克斯的阿道基国际活动（2015）上获得并列一等奖。精美艺术版画廊、都柏林奥利弗·西尔斯画廊、挪威艺术品画廊、瑞典赫勒·克努森画廊和瑞典阿斯特里画廊均推选他为代表画家。

路易斯·伦纳德　Louise Leonard

路易斯·伦纳德生于都柏林，在国家艺术设计学院学习，1983 年毕业，获得了视觉传达设计专业文学学士学位。伦纳德从学院毕业时，与学院建立了图文设计合作伙伴关系，专门为教育出版商进行插图设计。她在爱尔兰和国际上多家机构举行过展览，包括都柏林爱尔兰皇家学会和贝尔法斯特的皇家阿尔斯特学院。

凯特·麦克多纳　Kate Mac Donagh

凯特·麦克多纳是一位画家，出生于斯莱戈，目前在都柏林居住和工作。她曾在利默里克艺术设计学院和马德里的圣费尔南多美术学院求学，还在纽约的鲍勃·布莱克本版画工作室学习过。麦克多纳曾在爱尔兰和国际上多家机构举行展览，包括东京的早稻田大学、都柏林的爱尔兰皇家学会、东京的 MI-LAB CfSCHE 画廊，以及斯莱戈的汉密尔顿画廊。爱尔兰、西班牙、斯洛文尼亚、美国和日本的公共及私人机构均收藏了她的作品，她创作过多项委托作品，在多个机构担任过驻场画家，包括克雷郡的基尔·里亚利亚哥艺术家中心、斯洛文尼亚伊斯雷克的画家中心，以及日本 MI-LAB 湖川口艺术家驻场项目。

凯尔文·曼　Kelvin Mann

凯尔文·曼 1972 年生于新西兰，受教于奥塔格美术学院。1994 年至 1996 年，曼在韦迪马克电视台担任动画师。1997 年，他搬到都柏林，成为都柏林图形工作室的一员。曼在“都柏林港”展览中获得一等奖（2007）。他曾在新西兰、爱尔兰、英国和澳大利亚等多个国家举行展览。曼还受邀参加过数次巡回展，包括 2004 年在瑞典、纽约等地进行的“碎镜子”巡回展。2002 年起，凯尔文·曼开始担任都柏林石板路出版社的制作经理。

谢默斯·麦克里里　James McCreary

谢默斯·麦克里里 1944 年生于都柏林。麦克里里曾在一家染色玻璃工作室工作，做过钢架安装工，1973 年加入都柏林图形工作室，开始研究蚀刻画和石版印刷术。1980 年，他当上了制作经理。他创建了“客座艺术家”项目，通过这个项目，他在过去的 35 年里，让很多出色的爱尔兰艺术家知道了版画。1988 年，他与玛丽·法尔·鲍尔斯、詹姆斯·奥诺兰一起负责在科普大街创建图形工作室画廊。1989 年到 2000 年，谢默斯·麦克里里一直担任都柏林图形工作室主任；1975 年到 2004 年，他担任委员会委员。2005 年，麦克里里受邀成为文学艺术院成员。开罗现代艺术博物馆、切斯特·比蒂图书馆、爱尔兰国家美术馆和科克郡克洛福德市立美术馆等公共机构均收藏了他的作品。

埃德·米利亚诺　Ed Miliano

埃德·米利亚诺 1954 年生于纽约，1976 年获得纽约布鲁克林的普瑞特艺术学院美术学士学位。米利亚诺在美国和爱尔兰从事设计师、插画师工作超过 25 年，后于 2007 年成为全职画家。2011 年，米利亚诺开始了一个雄心勃勃的项目，在一年的时间里，每天都把从工作室窗户中看到的花园风景画下来。他将这个史诗般的项目称为《日记》。这个项目包括 366 幅独立画作，这些作品参加了 2012 年爱尔兰皇家学会的“未来 12”展览。很多公共和私人机构均收藏了米利亚诺的作品，包括爱尔兰公共作品办公室、都柏林国家植物园、都柏林信利集团、都柏林盖尔语委员会、爱尔兰歌剧院，以及科克郡的约瑟夫·沃尔什工作室等。米利亚诺现在日本东京居住和工作。

保罗·马尔登　Paul Muldoon

保罗·马尔登是一位爱尔兰诗人和诗歌教授。他出版了 30 多部诗集，赢得了普利策诗歌奖（2003）和托马斯·斯特恩斯·艾略特奖（1994）。1999 年至 2004 年，马尔登在牛津大学担任诗歌教授。自 1987 年起，他就在普林斯顿大学任教。目前，他是霍华德·G. B. 克拉克“21 位人文科学教授”之一，也是路易斯艺术中心主席。马尔登还获过欧洲诗歌奖（2006）、莎士比亚奖（2004）、美国爱尔兰基金文学奖（2004），并且担任《纽约人》的诗歌编辑。

尼尔·拉伊桑　Niall Naessens

尼尔·拉伊桑 1961 年生于都柏林，是一位爱尔兰画家和版画家。他获得了都柏林国家艺术设计学院的文学硕士学位，在都柏林图形工作室工作了很久，并从 2001 年到 2006 年担任图形工作室主任一职。他是象征风景画家，对海景尤为感兴趣。很多公共机构收藏了拉伊桑的作品，包括爱尔兰银行、爱尔兰当代艺术协会、切斯特·比蒂图书馆、爱尔兰国家图书馆、北方银行、爱尔兰公共作品办公室、希尔顿酒店、都柏林市立大学等。都柏林大学、都柏林港和爱尔兰外交部都曾委托他进行创作。

莉娜·努登斯特伦　Lina Nordenström

莉娜·努登斯特伦 1963 年生于斯德哥尔摩。她主要创作版画、素描，并创作美术书籍。1982 年到 1985 年，她在哥德堡大学求学；1991 年到 1995 年在斯德哥尔摩的版画艺术学院求学；2000 年至 2001 年就读于瑞典皇家美术学院。自 1995 年起，她经常在瑞典和国际上举行展览。大英博物馆、爱尔兰国家美术馆、斯德哥尔摩现代艺术博物馆、瑞典议会等均收藏了她的作品。很多公共部门委托努登斯特伦进行创作，包括法路医院、博伦厄大学学生公寓、斯德哥尔摩的莫亚马丁森广场，以及乌普萨拉省公共交通中心等。自 2009 年以来，努登斯特伦一直与画家拉尔斯・尼贝里一起经营版画工作室“仓库工场”。她是梅奥郡巴灵里恩艺术基金会推选的画家代表。

拉尔斯・尼贝里　　Lars Nyberg

拉尔斯・尼贝里 1956 年生于瑞典，1978 年到 1983 年求学于斯德哥尔摩的皇家美术学院。自 2009 年开始，他和画家莉娜・努登斯特伦一起，在瑞典乌特什贝里经营版画工作室“仓库工场”。他是伦敦皇家画家与版画家协会会员。他的作品被多家公共和私人机构收藏，包括爱尔兰巴利卡斯尔巴灵里恩档案馆、切斯特・比蒂图书馆、爱尔兰公共作品办公室、大英博物馆、维多利亚和阿尔伯特博物馆、纽约大都会艺术博物馆、瑞典诺贝尔生理学或医学委员会等。瑞典国王卡尔十六世・古斯塔夫和瑞典王储维多利亚公主殿下也收藏了他的作品。

埃德娜・奥布莱恩　　Edna O'Brien

埃德娜・奥布莱恩是爱尔兰小说家、剧作家、诗人。爱尔兰总统迈克尔・希金斯曾说，奥布莱恩“无所畏惧，敢讲真话”，在写作过程中，她“充满大无畏精神，有时候缺乏理解，在这方面她确实难辞其咎，并具有专制的敌意，有时候还具有彻头彻尾的恶意”。1960 年她完成了自己的第一部小说《乡下姑娘》，此后出版了数本小说、短篇故事集，还创作了多部戏剧。2015 年她出版了《小红椅》。奥布莱恩荣获过《洛杉矶时报》图书奖（1990）、欧洲文学奖（1995）、爱尔兰笔会奖（2001），以及弗兰克・奥康纳国际短篇故事奖（2011）。

休吉・奥多诺霍　　Hughie O'Donoghue

休吉・奥多诺霍（爱尔兰皇家学会成员），1953 年生于曼彻斯特，近来在各大博物馆多次举行个展，包括肯德尔镇阿博特霍尔画廊展览“生机田野”、伦敦皇家艺术学院展览“绘画 / 回忆：艺术家的实验室”（2012）、高威艺术节和捷克共和国布拉格的多克斯当代艺术中心举行的主题展“路”（2011）、利兹市美术馆的展览“旅途”（2009）、荷兰海牙市立博物馆展览“失落的历史：想象中的现实”、法国巴黎爱尔兰文化中心的展览“预言”（2008）等。世界很多公共机构都收藏了他的作品，包括南澳大利亚美术馆、大英博物馆、达拉斯艺术博物馆、都柏林休巷美术馆、爱尔兰现代艺术博物馆、密歇根州美术博物馆、阿尔斯特博物馆，以及耶鲁大学英国艺术中心等。2005 年，他获得了爱尔兰科克国立大学荣誉博士头衔。2009 年，他被推选为伦敦皇家艺术学院成员，并在 2013 年加入文学艺术院。他现在在梅奥郡和伦敦居住、工作。

芭芭拉 · 蕾　Barbara Rae

芭芭拉 · 蕾（英帝国二等勋位爵士、英国皇家艺术院会员、皇家画家和版画家协会成员、英国皇家艺术学会成员、皇家苏格兰水彩画家学会成员、格拉斯哥皇家杰出文科学院成员、英国皇家艺术学院研究员、英爱丁堡皇家学会会员），是画家和版画家，生于苏格兰福尔柯克，曾求学于爱丁堡艺术学院，并在格拉斯哥的查尔斯 · 雷尼 · 麦金托什卓越艺术学院讲学数年。蕾多次获得大奖、奖学金和荣誉学位。她的作品在很多国家级博物馆展出，世界各地很多公共和私人机构均收藏了她的作品，包括大英博物馆、苏格兰国家现代艺术馆和珀斯美术博物馆。她经常在国际艺术节期间在爱丁堡举办个人展览，还在纽约、都柏林、奥斯陆、芝加哥、新墨西哥州以及墨西哥举办过个人展览。

奥伊弗 · 斯科特　Aoife Scott

奥伊弗 · 斯科特是一位来自都柏林的视觉艺术家，2013 年毕业于国家艺术设计学院，获得了美术版画专业荣誉学位。她一毕业就获颁了图形工作室研究生奖（2013）、版画美术馆购买大奖（2013）。斯科特现在是都柏林图形工作室的正式成员。她的作品在爱尔兰皇家学会、图形工作室画廊、精美艺术版画廊和十字画廊均有过展出。

文森特 · 谢里登　Vincent Sheridan

文森特 · 谢里登生于基尔代尔郡，曾在都柏林理工学院和国家艺术设计学院求学。他游历过很多地方，还去过加拿大北极地区。1991 年，他成为巴芬岛开普多塞特西巴芬爱斯基摩人合作项目的驻场艺术家；2000 年，在纽芬兰圣约翰的圣迈克尔版画店做驻场艺术家。他的作品在爱尔兰、加拿大、德国等世界各地展出。他曾参加在都柏林切斯特 · 比蒂图书馆举办的大获成功的“圣品展”（2002），加拿大、爱尔兰、秘鲁和日本均有机构收藏了他的作品。

阿梅莉亚 · 斯泰因　Amelia Stein

阿梅莉亚 · 斯泰因是一位摄影师，1958 年生于都柏林，现在该地居住、工作。在过去 30 年里，斯泰因在黑白摄影领域享有盛名。在她的个人展览中，“缺失和时光流逝”这个主题可谓一目了然，包括：“失去和回忆”（2002）、“温室”（2002）、“皇家骑炮兵队肖像画”（2009）、“广袤的天空”（2012）和“艾瑞斯”（2015）。2004 年，斯泰因成为爱尔兰皇家学会成员，这是该机构第一次吸收摄影师会员；2006 年，她被推选为文学艺术院成员。许多公共和私人机构均收藏了她的作品，包括爱尔兰现代艺术博物馆、爱尔兰公共作品办公室、都柏林国家植物园、英国古尔本金安基金会等；美国收藏家大卫 · 科伦也收藏了她的作品。

唐纳德·特斯基　Donald Teskey

唐纳德·特斯基（爱尔兰皇家学会成员）1978 年毕业于利默里克艺术设计学院，获得美术专业文凭。自 1992 年起，他创作了大量关于城市风景的绘画作品，最近开始以爱尔兰西部沿海地区崎岖不平的风景为创作对象。特斯基的作品在英国、美国、加拿大、中国、德国、法国、芬兰，以及南非地区有过展出。许多公共和私人机构均收藏了他的作品，包括爱尔兰艺术理事会、爱尔兰现代艺术博物馆、利默里克市美术馆、当代爱尔兰艺术协会、公共作品办公室、爱尔兰联合银行、伦敦霸菱资产管理公司、都柏林毕马威会计师事务所、都柏林阿尔斯特银行、利默里克国家绘画收藏馆、基尔肯尼巴特勒美术馆、博伊尔民间收藏馆、利默里克市立大学等。2006 年，他被推选为文学艺术院成员。

科尔姆·托宾　Colm Tóibín

科尔姆·托宾是爱尔兰小说家、散文家、剧作家、记者、批评家和诗人。他生于韦克斯福德郡恩尼斯科西，求学于都柏林大学。他于 1975 年毕业，后迁至巴塞罗那，根据这段经历，他写出了《南方》和《向巴塞罗那致敬》。托宾曾在斯坦福大学和普林斯顿大学任教，目前在哥伦比亚大学英文和比较文学系担任教授。他的小说《黑水灯塔船》（1999）、《大师》（2004）和《玛利亚的自白》（2013）都曾入围布克国际文学奖。托宾获得过爱尔兰笔会奖（2011）、《洛杉矶时报》年度小说称号（2004）、法国最佳外文图书奖（2004）和柯思达小说奖（2009）。

李昶　Lisa Chang Lee

李昶 1986 年生于中国北京，先后就读于中国中央美术学院和英国皇家美术学院，现生活、工作于北京和伦敦两地。李昶的作品涉猎媒介广泛，关注时间、图像、经验和记忆之间的交叠关系。李昶的作品在英国、瑞典、奥地利和中国多地展出，曾荣获英国皇家美术学院绘画奖（2013）。中央美术学院、英国皇家美术学院、美国大都会博物馆图书馆和加拿大阿尔伯塔大学等机构均收藏了她的作品。

精美艺术版画廊的凯瑟琳·奥赖尔登和奥利弗·西尔斯在此感谢：

斯蒂芬·劳勒，他是本次独特展览的发起人。他富有远见卓识，将视觉和文学带入了本次展览，他的活力四射影响了这个计划的方方面面。

特别感谢杰西卡·英霍夫，她把本项目的管理工作做得既出色又专业，对此，她的付出可谓不可或缺。

我们衷心感谢罗伊·福斯特和彼得·法伦，他们为这本目录做出了价值不可估量的贡献。

我们在此感谢诸位画家、作家和雕刻家，下列公司、机构和私人赞助商，有了你们的重要帮助和支持，本次展览才得以成功举办。

艺术设计

都柏林图形工作室董事会
都柏林市议会和档案馆
杜菲装订
安吉拉·格里菲思博士
画廊出版社
珍妮·霍根
比尔·霍林斯沃斯
独立版本工作室
华盛顿国会图书馆
皮尔斯·麦考伊
杰米·墨菲
简·诺顿
参议员苏珊·奥基菲
玛丽·普伦基特
约翰·珀塞尔
罗伯特·拉塞尔
比利·肖托尔
谢丽丹芝士店
汉密尔顿画廊
爱尔兰西部发展委员会
叶芝 2015

私人赞助商

查尔斯·安雅耶布拉姆
马尔亚得·巴克利
亚利珊德拉学院
约恩·卡西迪
迈克尔·科里根
里亚·克莱顿
凯瑟琳与威廉·厄利夫妇
戴安娜·贾米思
佩达·麦克马福尼斯
瓦莱丽·奥劳克林
艾迪·奎尔蒂
保罗·赖安

所有作品均由艺术家采用手工刊印，以下作品除外：

《1893》，作者迈克尔·坎宁，由斯蒂芬·劳勒在都柏林图形工作室进行试印和印刷

《洒掉的奶》，作者戴安娜·科波白，由迈克尔·蒂明斯在都柏林独立版本工作室进行试印和印刷

《得到安慰的库丘林》，作者迈克尔·卡伦，由谢默斯·麦克里里在他位于都柏林的工作室进行试印和印刷

《经那些柳园往下去》，作者马丁·盖尔，由斯蒂芬·劳勒在都柏林图形工作室进行试印和印刷

《无名》由保罗·加夫尼在科克郡怀特布莱恩刊印

《旋转的蓝》，作者理查德·戈尔曼，由迈克尔·蒂明斯在都柏林独立版本工作室进行试印和印刷

《长足虻》，作者休吉·奥多诺霍，由斯蒂芬·劳勒在都柏林谢默斯·麦克里里工作室进行试印和印刷

《灰色暮光》，作者芭芭拉·蕾，由迈克尔·维特在苏格兰阿伯丁孔雀视觉艺术中心进行试印和印刷

《每日祷告》，作者阿梅莉亚·斯泰因，由多米尼克·特纳在都柏林 A 展示会进行刊印

文字内容：约翰·班维尔、依婉·伯兰、保罗·马尔登、埃德娜·奥布莱恩、科尔姆·托宾的文字内容均由杰米·墨菲进行手工排版和刊印

索兰德盒由都柏林杜菲装订制造

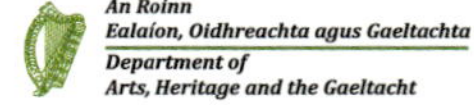

From my mountain top I view:
Twilight's purple flower is gone,
And I send my song to you
On the level light of dawn.
AE.

从我的山顶上，我望到。
黄昏下的紫色花朵消失不见，
我将我的诗歌送给你
在黎明那同样的光线下。
——［爱尔兰］乔治·威廉·拉塞尔

“Courtesy of Dublin City Library and Archive” 图片由都柏林图书馆及文献部提供

图书在版编目（CIP）数据

寂然的狂喜：叶芝的诗与回声 /（爱尔兰）威廉·巴特勒·叶芝著；（英）诺曼·阿克罗伊德等绘；傅浩，刘勇军译 . -- 北京：中信出版社，2016.11（2022.2 重印）

书名原文：A lonely impulse of delight

ISBN 978-7-5086-6824-6

Ⅰ. ①寂… Ⅱ. ①威… ②诺… ③傅… ④刘… Ⅲ. ①诗集－爱尔兰－现代 ②美术－作品综合集－欧洲－现代 Ⅳ. ① I562.25 ② J150.1

中国版本图书馆 CIP 数据核字（2016）第 239615 号

寂然的狂喜——叶芝的诗与回声

著　　者：[爱尔兰] 威廉·巴特勒·叶芝
绘　　者：[英] 诺曼·阿克罗伊德　等
译　　者：傅　浩　刘勇军
出版发行：中信出版集团股份有限公司
（北京市朝阳区惠新东街甲 4 号富盛大厦 2 座 邮编 100029）
承 印 者：北京奇良海德印刷股份有限公司

开　　本：880mm×1230mm　1/16　　印　　张：14
插　　页：98　　字　　数：111 千字
版　　次：2016 年 11 月第 1 版　　印　　次：2022 年 7 月第 9 次印刷
京权图字：01-2022-0137
书　　号：ISBN 978-7-5086-6824-6
定　　价：138.00 元

出　　品：乐府文化

总 策 划：涂 志 刚　曹雪萍

策划编辑：程 利 盼

责任编辑：李 文 静

特约编辑：范　　二　宁天虹

营销编辑：李　　洁　王馨可　庄媛媛

装帧设计：PAY2PLAY